Murmures des royaumes

Histoires de vie, d'amour et de fantaisie

Translated to French from the English version of

Whispers of Realms

Spondon Ganguli

Ukiyoto Publishing

Tous les droits d'édition mondiaux sont détenus par

Ukiyoto Publishing

Publié en 2023

Contenu Copyright © Spondon Ganguli

ISBN 9789360163648

Tous droits réservés.

Aucune partie de cette publication ne peut être reproduite, transmise ou stockée dans un système de recherche documentaire, sous quelque forme que ce soit et par quelque moyen que ce soit, électronique, mécanique, photocopie, enregistrement ou autre, sans l'autorisation préalable de l'éditeur.

Les droits moraux de l'auteur ont été revendiqués.

Il s'agit d'une œuvre de fiction. Les noms, les personnages, les entreprises, les lieux, les événements, les sites et les incidents sont soit le fruit de l'imagination de l'auteur, soit utilisés de manière fictive. Toute ressemblance avec des personnes réelles, vivantes ou décédées, ou avec des événements réels est purement fortuite.

Ce livre est vendu à la condition qu'il ne soit pas prêté, revendu, loué ou diffusé de quelque manière que ce soit, à titre commercial ou autre, sans l'accord préalable de l'éditeur, sous une forme de reliure ou de couverture autre que celle dans laquelle il est publié.

www.ukiyoto.com

Dédicace

C'est avec une sincère gratitude que je souhaite commencer par remercier le Tout-Puissant de m'avoir accordé la force, les connaissances, les capacités et les opportunités qui m'ont permis d'écrire cette histoire.

Le parcours de ma vie n'a pas été de tout repos, il a souvent été jalonné de défis redoutables et de circonstances défavorables. Cependant, malgré ces épreuves, je suis restée fidèle à mon engagement dans l'écriture, portée par la présence d'un petit nombre de personnes éminentes qui ont fait de ma vie des amis précieux et des soutiens inébranlables. Leurs paroles de sagesse et leur motivation inébranlable ont été la force motrice de ma poursuite inébranlable de l'art de raconter des histoires. C'est avec une profonde gratitude que j'exprime mon appréciation sincère à Mme Papia Ghosh (Pal) et au Dr Janardan Ghosh, dont les conseils et les encouragements ont été la pierre angulaire de mon parcours d'écriture. Ils m'ont aussi, en tant que critiques sérieux et avisés, constamment propulsé en avant. Dans le domaine de la mémoire et de l'influence, je tiens beaucoup à deux personnes qui ont quitté ce monde prématurément, mais dont l'impact sur ma carrière d'écrivain reste éternel. Les idées et suggestions inestimables de feu Sri Satadal Lahiri ont sans aucun doute enrichi mon travail créatif, tandis que la foi visionnaire de feu Sri Puspen

Mukherjee en mon potentiel d'auteur a éclairé mon chemin dans cette expédition littéraire. À ces deux âmes disparues, je présente mes plus profonds respects et hommages.

On ne saurait trop insister sur le rôle joué par Ukiyoto Publication dans la réalisation de cet ouvrage. Leurs efforts dévoués ont transformé mes aspirations en une réalité tangible, et pour cela, ils ont ma plus sincère et profonde gratitude.

Spondon Ganguli

Chuchotements de royaumes : Histoires de vie, d'amour et de fantaisie

Dans "Chuchotements de royaumes", plongez dans un recueil captivant de nouvelles qui parcourent les fils délicats des émotions humaines, en les mêlant à l'enchantement des mondes fantastiques. Chaque histoire de cette anthologie est une tapisserie unique d'expériences, mêlant réalité et fantaisie pour créer une symphonie de saveurs qui vont des douces mélodies de l'amour et de l'amitié aux accords amers de la haine, de la jalousie et du crime. Préparez-vous à être envoûté au cours de votre voyage à travers ces divers récits, explorant les profondeurs de la psyché humaine et les domaines illimités de l'imagination.

"Whispers of Realms" est un kaléidoscope de mouvements et d'expériences, où le banal et le magique s'entrechoquent. Des sommets de l'amour et de l'amitié aux profondeurs de l'obscurité et du crime, ces histoires vous captiveront, vous émouvront et vous donneront envie d'en savoir plus. Plongez dans cette collection et découvrez la myriade de saveurs que la vie et la fantaisie ont à offrir.

Contenu

Le voyage de Bholu	1
Obligations de remboursement	5
Liés par l'amour	8
Petit-déjeuner des cœurs	11
Les bougies de la rédemption	14
Appel de rideau Chaos	17
Les échos d'un cœur divisé	21
Les échos de la réunion	24
Embrasser les liens invisibles	28
Gardien dans la tempête	31
Kafan - Un secret dévoilé	35
Métamorphose des cœurs	39
L'ombre de la confiance	42
Échoués dans la mer de la survie	45
L'imperméable noir	48
La danse du destin	51
La Cité interdite de l'or	55
Le miracle de la rue de l'infortune	59
Les héritiers	62
Les derniers jours de Sadhan	66
Les fils du destin	70
Les fils de l'amour	73
Des liens qui transcendent	79

Les fils déchirés du destin	82
Le voile des secrets	86
Visions voilées de la passion	90
Chuchotement de l'amour interdit	93
Murmures de résilience	96
Vos yeux Ma vision	99
L'écho intempestif de la conque	102
A propos de l'auteur	*108*

Le voyage de Bholu
Une histoire d'amour, de perte et de rédemption

Il était une fois, dans une petite ville pittoresque, un jeune garçon nommé Rohan qui vivait avec ses parents. C'était un enfant heureux et joyeux, et lors de la célébration de son cinquième anniversaire, son père lui a offert un ours en peluche nommé Bholu. Dès lors, Bholu devient le compagnon constant de Rohan et son bien le plus cher.

Bholu était un ours doux et câlin avec des yeux scintillants et un sourire chaleureux. Rohan adorait jouer avec Bholu, et ils partaient ensemble dans des aventures imaginaires, explorant des terres magiques et affrontant des ennemis imaginaires. Le lien entre Rohan et Bholu s'est renforcé de jour en jour, et l'ours est devenu partie intégrante de sa vie. Rohan a grandi de quelques années et de quelques mètres au cours des cinq dernières années ; aujourd'hui, il a dix ans.

Un beau jour, l'aîné du père de Rohan, M. Amit Verma, est venu chez eux avec sa famille, y compris son fils Rahul, qui se trouvait être le camarade de classe de Rohan dans la même école. Rahul était connu pour son arrogance et sa nature égoïste. Lorsqu'il a vu Bholu, il n'a pas pu s'empêcher de jouer avec l'adorable ours.

Le soir venu, il est temps pour Rahul et sa famille de partir. Mais Rahul n'est pas prêt à se séparer de Bholu. Malgré les tentatives de ses parents pour le convaincre,

Rahul refuse de rendre l'ours à Rohan. M. Verma a été gêné par le comportement de son fils et, pour résoudre la situation, le père de Rohan a décidé de laisser Rahul garder Bholu.

Rohan, en enfant généreux et au grand cœur qu'il était, ne protesta pas. Cependant, son cœur se serre pour son bien-aimé Bholu, qu'il considérait comme son meilleur ami. Il lève les yeux vers sa mère pour lui faire part silencieusement de ses sentiments, mais elle ne peut rien faire à ce moment-là.

Les parents de Rahul ont promis de lui parler et de lui rendre l'ours le lendemain. Ils ont assuré aux parents de Rohan que Rahul avait beaucoup de jouets et qu'il n'avait pas l'habitude de se comporter de la sorte. Malgré leurs paroles, les parents de Rohan ne peuvent s'empêcher de s'inquiéter de la tristesse de leur fils.

Cette nuit-là, alors que Rohan était couché dans son lit, il rêva de Bholu qui pleurait de douleur. Dans son rêve, les mains et les jambes de Bholu sont coupées et il ne peut plus marcher. Son corps mou a été griffé et déchiré à l'aide d'un couteau tranchant. Rohan se réveilla avec des sueurs froides, des larmes coulant sur ses joues et un sentiment d'affaissement dans son cœur.

À l'insu de Rohan, son rêve était une prémonition. Après son retour à la maison, Rahul a joué avec Bholu pendant un certain temps, mais sa colère et son égoïsme ont eu raison de lui. De rage, il déchire le jouet innocent, laissant Bholu dans un état pitoyable. Sans réfléchir, il a jeté les restes en lambeaux de Bholu dans les poubelles depuis son balcon.

Le lendemain matin, les parents de Rahul ont réalisé la gravité des actes de leur fils et ont éprouvé de profonds remords pour ce qui s'était passé. Ils se sont précipités chez Rohan pour s'excuser et lui rendre Bholu. À leur arrivée, les parents de Rohan étaient dévastés, et Rohan avait le cœur brisé et était abattu.

La famille de M. Verma a expliqué ce qui s'était passé et a remis les restes de Bholu à Rohan. Voir son ours bien-aimé dans un état aussi pitoyable brisait le cœur de Rohan. Cependant, au milieu de la tristesse, ses yeux laissent entrevoir une lueur d'espoir.

Touchés par les remords sincères de leur fils, M. et Mme Verma ont promis d'arranger les choses. Ils ont proposé de remplacer Bholu par un ours en peluche tout neuf, et Rahul s'est excusé et a regretté son geste. La famille Verma s'est engagée à inculquer de meilleures valeurs à Rahul et à lui faire comprendre l'importance de l'empathie et de la gentillesse.

Les jours suivants, Rahul a passé du temps avec Rohan, essayant de rétablir leur amitié. Ils parlent de l'incident et Rahul se rend compte de la gravité de son acte et de la profonde blessure qu'il a causée à Roan. Les deux garçons ont fini par se réconcilier et Rahul a promis de changer de comportement.

Au fil du temps, Rahul s'est transformé en une personne plus aimable et plus compatissante. Il a appris la véritable signification de l'amitié et a compris l'importance de chérir et de respecter les sentiments des autres. Pendant ce temps, la dépouille de Bholu est conservée avec amour par Rohan comme symbole du pardon et de la seconde chance.

Avec le soutien de ses parents et de ses nouveaux amis, Rahul s'est lancé dans un voyage de rédemption et de découverte de soi. Il a appris à privilégier les relations plutôt que les biens et a compris que le vrai bonheur consiste à rendre les autres heureux.

Quant à Bholu, son esprit a survécu dans le cœur de Rohan et de Rahul. L'incident est devenu une leçon pour tous, rappelant la fragilité des émotions et le pouvoir de l'amour et du pardon. Le lien entre Rohan et Rahul s'est renforcé et ils sont devenus des amis inséparables, unis par l'expérience commune et le voyage de transformation.

Obligations de remboursement
Unir les demi-frères

Dans une petite ville nichée au milieu de collines ondulantes, vivaient deux demi-frères nommés Ram et Balram. Leurs vies ont été tissées par un lien commun : leur père, feu M. Mohal Lal. Ram était le fils légitime de M. Mohan Lal et avait vingt-huit ans. Balram, quant à lui, était le fruit d'une relation illicite et avait dix-neuf ans. Bien qu'ils partagent la même lignée, leurs parcours ont été marqués par des complexités et des malentendus.

Ram, l'aîné des deux, nourrit un profond ressentiment à l'égard de Balram. Il pensait que la mère de Balram avait éloigné son père de lui et de sa mère, laissant un vide impossible à combler. Balram, qui a grandi dans la pauvreté et l'isolement, a souvent fait l'objet de jugements sévères et était parfaitement conscient de son statut d'enfant illégitime.

La tragédie a frappé lorsque M. Mohan Lal a été victime d'un accident mortel, laissant un héritage de douleur et de questions sans réponse. Le vide laissé par sa mort semble élargir le fossé entre Ram et Balram. Cependant, le destin leur réservait un autre sort.

Un soir fatal, Ram et Balram sont arrachés à leurs amours et jetés en captivité par un assaillant inconnu. Enchaînés et soumis à des tourments physiques, ils ont été contraints de céder leur héritage et leurs biens à leur ravisseur. À leur grande surprise, ils ont découvert que le cerveau de leur enlèvement était l'oncle maternel de Ram, M. Raghu Raj.

Alors que les jours se transforment en semaines, les deux frères se retrouvent confinés dans une pièce faiblement éclairée, leur colère et leur ressentiment étant désormais éclipsés par une situation commune. Au fil de leurs conversations, ils découvrent la sinistre vérité qui se cache derrière la mort prématurée de leur père. M. Raghu Raj, poussé par sa propre cupidité et son propre ressentiment, avait orchestré l'accident de leur père pour s'approprier la fortune familiale.

Le chagrin de Balram face à son statut de fils illégitime se reflète maintenant dans la prise de conscience de Ram que sa propre famille abrite un traître. Les entraves qui les avaient autrefois liés en captivité ont commencé à forger un lien unique de compréhension et d'empathie. En partageant leurs histoires, ils ont découvert le pouvoir de la solidarité et le potentiel de guérison du pardon.

Avec une détermination nouvelle, Ram et Balram élaborent un plan pour s'échapper de leur prison et traduire M. Raghu Raj en justice. Les épreuves qu'ils ont vécues ensemble leur ont permis de surmonter tous les obstacles qui se sont dressés sur leur chemin.

Leur voyage a été synonyme de découverte de soi et de rédemption, puisqu'ils ont plongé plus profondément dans la vie de leur père, dévoilant des secrets cachés qui ont dressé un portrait plus complexe de l'histoire de leur famille. En chemin, ils ont rencontré des alliés tout aussi déterminés à démasquer les intentions crapuleuses de M. Raghu Raj.

En fin de compte, leur quête incessante de la vérité a porté ses fruits. Le réseau de tromperies de M. Raghu Raj a été démantelé et il a été traduit en justice pour ses crimes. Ram et Balram ont non seulement récupéré l'héritage qui leur revenait de droit, mais ils ont également comblé le fossé qui les séparait depuis si longtemps.

Alors qu'ils se tenaient ensemble, face à l'horizon, avec un sens renouvelé de l'objectif, les cicatrices de leur passé s'étaient transformées en symboles de résilience et de force. L'héritage de M. Mohan Lal n'est plus assombri par la douleur et le ressentiment ; il témoigne désormais du lien indéfectible entre deux demi-frères qui ont transcendé leurs différences et ont émergé comme une force unie face à l'adversité.

Liés par l'amour

Dans une charmante ville de banlieue, où traditions et modernité s'entremêlent, vivaient Sujoy et sa femme, Aisha. Ils formaient un couple improbable, lié par une amitié qui s'est transformée en amour, malgré la vérité indéniable que Sujoy était gay. Leur parcours a été peu conventionnel, marqué par un lien unique qui a remis en cause les normes sociétales.

Sujoy, avec son rire contagieux et sa vivacité d'esprit, avait conquis le cœur d'Aisha pendant leurs études. Ils ont partagé des cours, des rêves et des confidences secrètes qui ont approfondi leur relation. Aisha, une femme pleine d'entrain et de compassion, est tombée amoureuse de Sujoy malgré sa franchise quant à son orientation sexuelle. L'amour, croyaient-ils, transcende les étiquettes.

Les années ont passé et l'histoire d'amour du couple s'est déroulée avec grâce. Leur engagement et leur dévouement étaient inébranlables, même s'ils devaient faire face aux regards désapprobateurs et aux rumeurs chuchotées dans les coins conservateurs de leur communauté. La famille de Sujoy, d'abord hésitante, a fini par accepter leur union, reconnaissant la force du lien qui les unissait.

Une décennie de vie commune s'est écoulée et la vie les a gratifiés d'un petit miracle : leur fille, Naina. Son arrivée a apporté une joie immense qui a cimenté leur amour et solidifié leur famille. Sujoy et Aisha se délectent de leur rôle de parents dévoués, chérissant chaque étape franchie par Naina.

Cependant, comme le destin l'a voulu, la vie a donné un tour inattendu à leur histoire. Sujoy se retrouve à la croisée des chemins, déchiré entre son amour durable pour Aisha et une nouvelle responsabilité que le destin a placée sur ses épaules. Le cœur lourd, il dit à Aisha qu'il doit épouser une autre femme.

Aisha, bien que déconcertée, fait preuve d'une force remarquable. Elle a toujours su que le cœur de Sujoy était divisé, que ses affections étaient partagées, et pourtant, son amour pour lui est resté inébranlable. Elle a compris la complexité de sa situation et a respecté son besoin de remplir ses obligations.

Le jour du second mariage de Sujoy est arrivé, et l'atmosphère était lourde d'émotions. Aisha, l'incarnation de la grâce, s'est tenue à ses côtés, le soutenant tout au long de la cérémonie. La nouvelle femme, Priya, qui est entrée dans la vie de Sujoy, est une image de compréhension et d'empathie. Le cœur d'Aisha a trouvé du réconfort en sachant que le nouveau partenaire de Sujoy était quelqu'un qui pouvait vraiment comprendre les complexités de leur situation.

Au fil des années, les trois adultes ont assumé leur rôle avec sensibilité et attention. L'amour d'Aisha pour Sujoy est resté inchangé, et son lien avec Priya s'est transformé en une profonde amitié, fondée sur leurs expériences communes. Naina, qui a grandi dans un foyer défiant les conventions, a accepté les leçons d'acceptation et d'amour qui l'entouraient.

L'histoire de Sujoy, Aisha et Priya est devenue un récit de courage, de compassion et d'amour non conventionnel. Il a montré que les relations pouvaient transcender les limites des normes sociétales et que, lorsqu'il est fondé sur le respect et la compréhension, l'amour peut vraiment tout conquérir. Leur histoire a incité leur entourage à remettre en question les stéréotypes, à défier les traditions et à embrasser la beauté de la diversité sous toutes ses formes.

Petit-déjeuner des cœurs

Des liens qui se tissent dans l'étreinte de Mumbai

Au cœur de l'effervescence de Mumbai, où l'énergie de la ville déferle dans les rues bondées, un lien discret se crée entre une vieille veuve nommée Leela et un jeune orphelin nommé Gopal. Leurs vies s'étaient croisées d'une manière qu'aucun d'entre eux n'aurait pu prévoir, et ce petit-déjeuner partagé entre eux resterait à jamais gravé dans leurs mémoires.

Leela vivait seule dans un petit appartement niché au milieu des ruelles labyrinthiques d'un quartier animé. Avec ses rides gravées sur son visage usé par le temps et son cœur alourdi par le poids des années, elle a connu la joie et la tristesse au cours de son long voyage dans la vie. Gopal, quant à lui, est un jeune homme au cœur plein de rêves, mais qui n'a pas grand-chose d'autre à se mettre sous la dent.

Gopal s'est retrouvé attiré par l'appartement de Leela un matin fatidique. Il avait erré dans les rues, l'estomac rongé par la faim et l'esprit accablé par les dures réalités de la vie d'orphelin. Par un coup du sort, il était tombé sur la porte de Leela, et un coup hésitant avait ouvert les portes à une connexion inattendue.

Leela, malgré sa fragilité, avait ouvert sa porte avec un sourire chaleureux. La vue de Gopal, dont les yeux reflétaient un mélange de faim et de désir, avait réveillé quelque chose en elle. Sans un mot, elle lui a fait signe d'entrer et, avec une tendresse que seule une mère peut posséder, elle s'est mise à préparer un petit déjeuner simple.

Alors que l'arôme des plats fraîchement préparés emplit l'air, Gopal regarde avec étonnement Leela disposer méticuleusement les plats sur une petite table. Il s'agissait d'un petit-déjeuner d'amour, préparé non pas par obligation mais par véritable désir de prendre soin d'un autre être humain. Et puis, quelque chose d'inattendu s'est produit - Leela a pris un morceau de nourriture et a tendu la main vers Gopal.

"Tenez, ma chère, dit-elle, sa voix porteuse d'une autorité douce mais indubitable. "Laisse-moi te nourrir."

Gopal hésita un instant, sa fierté se heurtant à la faim profonde qui le rongeait. Mais la chaleur authentique dans les yeux de Leela, la promesse tacite de réconfort et de compagnie, étaient trop fortes pour y résister. Il acquiesça, un petit sourire se dessinant sur ses lèvres, et laissa Leela le nourrir.

À chaque bouchée, un lien s'est tissé entre eux - un lien d'éducation et de compassion qui a transcendé leurs différences. Le toucher de Leela est doux, ses gestes sont empreints d'une tendresse maternelle que Gopal n'a jamais connue. En savourant chaque bouchée, il a ressenti non seulement la nourriture, mais aussi le toucher bienfaisant des relations humaines.

Puis, comme si elle comprenait les mots non exprimés qui flottaient dans l'air, Leela parla doucement. "Si mon Gopal ne mange pas en premier, je ne peux pas manger", dit-elle, les yeux pétillants d'un mélange d'affection et de sagesse.

Le petit-déjeuner s'est poursuivi, un simple repas se transformant en un moment de partage d'une profonde signification. Leela et Gopal, deux âmes issues de milieux différents, se sont retrouvées dans un petit appartement de Mumbai, unies par le besoin, l'empathie et le désir ardent d'une relation humaine.

Dans les jours qui suivent, Gopal devient une présence régulière dans la vie de Leela. Il lui apportait des provisions, faisait des courses et passait des heures assis à son chevet, partageant des histoires et des rires. Les frontières de l'âge et des circonstances ont disparu, remplacées par une profonde amitié qui a enrichi leurs vies respectives.

C'est ainsi qu'au milieu de la ville animée de Mumbai, une histoire réconfortante de compagnonnage improbable s'est déroulée. Leela et Gopal, une vieille veuve et un jeune orphelin, avaient trouvé réconfort et subsistance dans la présence de l'autre. Leur petit-déjeuner commun est devenu un symbole du pouvoir durable de l'amour et de la compassion, prouvant que parfois, les gestes les plus simples peuvent créer les liens les plus profonds.

♣ ♣ ♣

Les bougies de la rédemption
L'aube d'une nouvelle ère

Dans un village pittoresque niché au cœur de l'Inde, où tradition et spiritualité s'entremêlent, vivait une jeune femme nommée Meera. Elle était connue pour sa dévotion, sa gentillesse et sa beauté éthérée qui semblait rayonner de l'intérieur. Sa vie, cependant, est enveloppée d'une ombre à laquelle elle ne pourra jamais échapper.

Le temple du village était une lueur d'espoir et de réconfort pour ses habitants. Chaque soir, alors que le soleil plongeait sous l'horizon, ses chaudes teintes dorées cédant la place à l'étreinte veloutée de la nuit, les cloches du temple sonnaient, signalant le début des rituels de la soirée. Des lampes à huile illuminaient le sanctuaire, jetant une douce lueur sur les sculptures des divinités qui veillaient sur les fidèles avec des yeux sereins. Le parfum des fleurs et des bâtons d'encens flottait dans l'air, créant une ambiance d'un autre monde.

Dans ce cadre divin, Meera se retrouve assise dans une petite pièce adjacente au temple, serrant dans ses bras sa fille, incarnation vivante d'un amour qui n'a jamais pu s'épanouir pleinement. Les larmes coulent sur son visage tandis que son cœur se débat avec le choix impossible que le destin lui a imposé.

On frappe à la porte de façon inattendue, mais familière. Elle l'ouvre, et le voilà, Vikram, son ancien bien-aimé. Leur histoire d'amour a été poignante, remplie de rêves d'union. Cependant, le destin leur a tracé un chemin différent, qui les a séparés, laissant Meera porter seule le poids d'un secret.

Les yeux de Vikram contiennent un mélange de tristesse et de détermination. Il avait entendu parler de la situation difficile de Meera et était venu à son secours, non pas en tant qu'amant, mais en tant qu'ami lié par une histoire commune. "Bien que notre amour n'ait pas trouvé la fin qui lui était destinée, dit-elle doucement, pourriez-vous trouver dans votre cœur la possibilité d'élever notre fille ? Pour lui offrir une vie libérée des ombres de mon existence maudite ?"

Le cœur de Meera vacille, déchiré entre l'agonie de son passé et la lueur d'espoir qui s'offre à elle. Elle regarde sa fille, symbole de l'amour qu'elles ont partagé autrefois, témoignage vivant d'un amour qui a résisté à l'adversité.

Les larmes de Meera se mêlent à son sourire et l'air de la nuit est chargé de possibilités. Elle acquiesça à sa décision, un vœu solennel fait en présence de l'énergie divine du temple. "Oui, Vikram. J'élèverai notre fille et je la nourrirai de l'amour qui nous a un jour unis".

À l'aube, alors que les premières lueurs du jour peignent le ciel de teintes roses et dorées, Meera sort du temple, sa fille dans les bras. Vikram marche à ses côtés, sa présence rappelant le voyage doux-amer qu'ils ont entrepris. Les villageois observent, leurs murmures de curiosité et de compassion s'entremêlent.

Dans un village où les histoires sont gravées dans la tradition et les croyances, Meera et Vikram ont redéfini le récit. Leur sacrifice, né de l'amour et d'un engagement commun pour le bien-être de leur enfant, est devenu un emblème de rédemption, un récit de résilience qui résonnera à travers les générations.

La fille de Meera a grandi sous la tutelle d'une mère qui avait connu à la fois le chagrin d'amour et le pouvoir de guérison de l'amour. Elle devient elle-même une lueur d'espoir, un témoignage de la force qui réside dans sa lignée.

Alors que les cloches du temple continuaient de sonner et que les lampes illuminaient le sanctuaire, le parfum des fleurs et des bâtons d'encens semblait porter avec lui les murmures de l'histoire de Meera et Vikram - une histoire d'amour qui a transcendé les frontières du temps et des circonstances, et une histoire qui a trouvé son nouveau départ dans l'étreinte d'une nouvelle aube.

Appel de rideau Chaos

Il s'agit d'un spectacle qui fait chaud au cœur, la première représentation de "Rakto Korobi", une célèbre pièce écrite par le noble lauréat Gurudev Rabindranath Tagore, qui sera jouée au Star Theatre la semaine prochaine. Le directeur, M. Puspen Chatterjee, l'a annoncé au groupe pendant la répétition.

La troupe de théâtre locale, Prithvi Manch, était en pleine effervescence alors qu'elle préparait sa grande production annuelle. Le spectacle devait être le plus grand événement de l'année et l'actrice principale, Komal Sen, répétait assidûment depuis des mois. Elle avait déjà interprété le rôle principal dans plusieurs productions et avait acquis la réputation de fournir des performances exceptionnelles.

Cependant, le jour de l'exposition, un désastre s'est produit. Komal, pris de trac et de doute, a soudain refusé de monter sur scène. Le directeur, M. Puspen Chatterjee, et les acteurs ont fait de leur mieux pour la convaincre, mais les nerfs de Komal ont pris le dessus et elle est partie, laissant tout le monde stupéfait et déçu.

Le directeur, M. Puspen, essayait de trouver un moyen de sauver la situation, mais une tragédie encore plus importante s'est produite. Plus tard dans la soirée, juste avant le début du spectacle, M. Puspen, propriétaire et producteur de la troupe de théâtre Prithvi Manch, a été victime d'une crise cardiaque soudaine. Il a été transporté d'urgence au Medical College Hospital, laissant l'ensemble des acteurs et de l'équipe en état de choc et inquiets pour son bien-être.

L'actrice principale ayant disparu et le réalisateur luttant pour sa vie, le chaos s'est installé dans les coulisses. Les acteurs et l'équipe se sont retrouvés dans le désarroi, ne sachant plus comment procéder. Sans leur directeur et leur chef, ils se sentaient perdus et ne savaient pas comment gérer la situation.

Lorsque la nouvelle de la crise cardiaque du propriétaire du théâtre s'est répandue, la ville s'est mobilisée pour le soutenir. Des acteurs locaux, d'anciens metteurs en scène et des passionnés de théâtre se sont portés volontaires pour donner un coup de main. Ils savaient à quel point le spectacle était important pour M. Puspen et son équipe et combien ils avaient travaillé dur pour en faire un succès.

Au milieu de cette agitation, une jeune fille nommée Shristi, personnage de second plan dans la pièce, s'est avancée avec une suggestion audacieuse. Elle lui a proposé de jouer le rôle du personnage principal de la pièce, "Rakto Korobi". Shristi n'était pas une actrice chevronnée, mais elle avait regardé Komal répéter un nombre incalculable de fois et elle avait un talent naturel pour le spectacle ainsi qu'une mémoire aiguisée. Elle pensait qu'avec le soutien des acteurs et de l'équipe, elle pourrait combler le vide laissé par l'absence de Komal.

Le temps étant compté et le théâtre rempli de spectateurs enthousiastes, la décision a été prise d'attribuer le rôle principal à Shristi. Les acteurs et l'équipe se sont serré les coudes, travaillant sans relâche pour adapter les scènes et les répliques à ce changement de dernière minute.

Lorsque le rideau s'est levé, Shristi est montée sur scène avec une excitation nerveuse. Le public est conscient des événements inattendus et un silence feutré s'installe dans la salle de théâtre. Mais lorsque Shristi a prononcé son texte et s'est immergée dans le personnage de Komal, quelque chose de magique s'est produit. Sa passion sincère et son talent brut ont captivé le public et les autres acteurs.

La pièce a connu un succès retentissant, recevant des ovations debout et des critiques élogieuses. La bravoure et la détermination de Shristi face à l'adversité ont porté leurs fruits, et elle a gagné le cœur du public et de ses collègues acteurs. Lorsque le rideau final est tombé, des larmes de joie et de soulagement ont envahi les coulisses.

Pendant ce temps, M. Puspen, le directeur et producteur, a été opéré avec succès et est en voie de guérison. Elle a été bouleversée par le soutien manifesté par la communauté et a été immensément fière de la performance de Shristi et de l'ensemble de la troupe et de l'équipe qui ont réussi à monter le spectacle dans des circonstances aussi difficiles.

Au lendemain de l'événement, la communauté théâtrale est devenue plus forte que jamais. Ils ont appris que, dans le monde du théâtre, la vie imite parfois l'art et que le spectacle doit continuer, même face à des défis inattendus. Ils ont également compris que la grandeur pouvait se trouver dans les endroits les plus inattendus et que de véritables héros pouvaient émerger des situations les plus improbables.

Ainsi, avec un courage et une unité retrouvés, la troupe de théâtre "Prithvi Manch" a continué à prospérer, présentant d'autres spectacles remarquables dans les années à venir, chérissant à jamais le souvenir de la nuit où "Curtain Call Chaos" est devenu une histoire de triomphe, de résilience et de puissance de l'esprit humain.

Les échos d'un cœur divisé
Une réunion à Shimla

Au milieu des paysages époustouflants de Shimla, où les majestueuses montagnes de l'Himalaya se dressent et où la brise fraîche porte un parfum de pin, deux âmes se sont retrouvées assises l'une à côté de l'autre dans un train. C'est un moment auquel aucun d'entre eux ne s'attendait, et certainement pas dans cette sereine station de montagne.

Tandis que le train avance sur les rails, le cliquetis rythmique des roues contre les rails semble faire écho aux incertitudes qui les séparent. Ils se rencontraient pour la première fois après leur divorce, un moment qui contenait un mélange de nostalgie, de douleur et peut-être une étincelle d'affection persistante.

Il se racla la gorge, rompant le silence qui les enveloppait. "Comment allez-vous ?" se risqua-t-il à dire, la voix chargée d'une pointe d'inquiétude.

Elle tourna son regard vers la fenêtre, ses yeux s'imprégnant du paysage qui défilait. "Bien", répondit-elle, d'un ton calme mais distant. "Et vous ? Vous vous êtes remarié ?"

Il secoue la tête, l'expression sombre. "Non.

Elle haussa un sourcil, sa curiosité piquée. "Mais tu aimes les enfants", dit-elle doucement, un léger sourire se dessinant au coin de ses lèvres.

Il baissa les yeux sur ses mains, un soupçon de tristesse se dessinant dans son regard. "Pas au prix de toi", admit-il, ses mots chargés d'un poids qui planait lourdement dans l'air.

Le train continue son ascension à travers le paysage pittoresque, les roues racontant leur propre histoire. Le soleil descendait dans le ciel, jetant une lueur chaude sur les environs, un contraste saisissant avec les émotions non résolues qui tourbillonnaient dans l'espace confiné de leur conversation.

Alors qu'ils échangent ces quelques mots, un sentiment de compréhension semble passer entre eux. Il y avait une histoire commune, un lien qui les avait un jour unis, et il était évident que ni l'un ni l'autre n'avait complètement lâché prise. Le silence qui s'ensuit n'est ni gênant ni inconfortable, c'est un espace qui permet aux sentiments non exprimés de s'attarder.

Puis, comme si le destin l'avait décidé, le train est entré dans un tunnel. L'obscurité soudaine les enveloppe, ponctuée par l'écho des klaxons. C'était comme si le monde extérieur avait momentanément disparu, ne laissant qu'eux deux et les fantômes de leur passé.

Au milieu de l'étreinte du tunnel, ils se sont retrouvés à se regarder l'un l'autre. L'obscurité semble faire tomber les barrières qui se sont formées au fil des ans, laissant apparaître la crudité de leurs émotions. Sans paroles, ils ont partagé un moment qui en dit long. C'était un moment de souvenirs partagés, de regrets et de douleur douce-amère que seul l'amour peut apporter.

Lorsque le train sort du tunnel et que la lumière revient, ils détournent tous deux le regard, leurs yeux reflétant un mélange d'émotions. Le charme a été rompu, mais l'impact de ce moment fugace perdure.

Le train a poursuivi son voyage à travers le paysage pittoresque de Shimla, emportant avec lui les échos d'une réunion qui était plus qu'une simple rencontre fortuite. C'était la rencontre de cœurs qui avaient autrefois battu à l'unisson, mais qui étaient désormais séparés par les courants de la vie. Et tandis que les montagnes et les vallées défilent, leurs chemins séparés semblent converger pendant un bref instant, laissant une marque indélébile sur leurs âmes.

Les échos de la réunion
Une seconde chance à Darjeeling

Au milieu des allures brumeuses de Darjeeling, où les collines verdoyantes roulent gracieusement et où l'air porte un soupçon de nostalgie, deux âmes se sont retrouvées assises côte à côte dans un train. Le cliquetis rythmique des roues sur les rails semble faire écho au temps qui passe, rappelant silencieusement les deux décennies qui se sont écoulées depuis la dernière fois qu'ils se sont trouvés en compagnie l'un de l'autre.

Rahul et Priya étaient autrefois inséparables, leurs rires et leur camaraderie emplissant les paysages pittoresques de Darjeeling d'une exubérance juvénile. Mais la vie a une façon de tisser des chemins inattendus, et un simple incident a rompu leur lien, les entraînant dans des voyages qui les ont éloignés des souvenirs communs de leur ville natale.

Alors que le train roule à vive allure, les vues familières de Darjeeling à l'extérieur de la fenêtre suscitent un tourbillon d'émotions chez Rahul. Il jette un coup d'œil à Priya, dont le profil est gravé par le passage du temps, mais qui possède toujours la grâce et le charme qui l'ont séduit il y a des années. Un sentiment de nostalgie l'envahit alors qu'il se souvient du jour où Priya est partie, du jour où leurs chemins se sont séparés.

Avec un sourire hésitant, Rahul se tourne vers Priya. "Cela fait vingt ans", dit-il doucement, la voix teintée de nostalgie.

Priya acquiesce, le regard fixé sur le paysage qui défile. "Oui, c'est vrai", a-t-elle répondu, avec un mélange de tendresse et de regret.

Rahul ne peut s'empêcher de penser à l'incident qui a tout changé. Il s'agissait d'un malentendu, d'une mauvaise communication qui avait dégénéré et conduit à leur séparation. Priya lui avait terriblement manqué après son départ, mais l'orgueil et les circonstances l'avaient empêché de lui tendre la main.

La curiosité l'emporte et il se tourne à nouveau vers Priya. "Comment ces années vous ont-elles traité ?" demande-t-il, la voix teintée d'une pointe de vulnérabilité.

Le sourire de Priya faiblit un instant avant qu'elle ne réponde : "Ils ont été bons. Aujourd'hui, je suis mariée et j'ai deux merveilleux enfants".

Rahul a ressenti un pincement au cœur, un rappel amer du sacrifice que Priya avait fait toutes ces années auparavant. Elle avait quitté Darjeeling pour poursuivre ses rêves et, à son insu, avait laissé derrière elle un Rahul au cœur brisé. Il ne l'avait jamais oubliée, et son absence avait laissé un vide que personne d'autre ne pouvait combler.

Mais lorsque Priya parle de sa vie de couple, Rahul se rend compte que sa propre vie a pris une tournure différente. Les rêves qu'il avait partagés avec Priya s'étaient évanouis, remplacés par la solitude d'un cœur inassouvi. Son mariage s'était soldé par une séparation et il avait passé les années suivantes seul, portant le poids de ses choix et des occasions manquées.

Le train entre dans un tunnel, l'obscurité soudaine est une métaphore des années de séparation et de non-dits entre Rahul et Priya. Dans ce moment fugace, le monde extérieur disparaît, ne laissant que les deux dans leur silence partagé.

Alors que le train sort du tunnel, Rahul regarde Priya, les yeux remplis d'émotions. "Tu sais, commença-t-il, la voix tremblante mais sincère, tu m'as manqué toutes ces années, Priya. Je regrette de ne pas vous l'avoir dit plus tôt".

Priya se tourne vers lui, les yeux brillants de larmes non versées. "Et je regrette d'être partie sans comprendre", murmure-t-elle, la voix douce mais chargée d'années de désir.

À ce moment-là, au milieu de la beauté des paysages de Darjeeling et du poids de leur histoire commune, Rahul et Priya ont trouvé un nouveau départ. Le voyage en train est devenu une métaphore de leur voyage dans la vie - plein de rebondissements, de virages et de tunnels inattendus dans l'obscurité. Mais aujourd'hui, ils ont l'occasion d'émerger à la lumière, de combler le fossé de vingt ans et de trouver à nouveau du réconfort dans la présence de l'un et de l'autre.

Alors que le train poursuit son voyage à travers les collines enchanteresses de Darjeeling, Rahul et Priya sont assis côte à côte, leurs mains se retrouvant dans l'obscurité. Le passé ne peut être changé, mais l'avenir n'est pas encore écrit, et ils sont déterminés à tirer le meilleur parti de la seconde chance que la vie leur a offerte.

Embrasser les liens invisibles

Dans un modeste orphelinat niché à la périphérie d'une ville animée, deux jeunes garçons, Ravi et Arjun, ont grandi côte à côte. Tous deux avaient à peu près le même âge, mais leurs vies étaient très différentes. Ravi était orphelin, ayant perdu ses parents à un très jeune âge, tandis qu'Arjun était l'enfant du propriétaire, vivant à l'orphelinat pour diverses raisons.

Au fil des années, un mur invisible semble se dresser entre Ravi et Arjun. Arjun ne peut s'empêcher d'éprouver du ressentiment à l'égard de Ravi, car il pense que l'orphelin lui a retiré l'amour et l'attention qu'il méritait. Cette animosité était évidente dans leurs interactions, et Ravi se sentait souvent isolé et indésirable.

En dehors de l'orphelinat, Ravi a dû faire face à un autre défi : l'école. Les autres enfants se moquent souvent de lui parce qu'il est orphelin, et sa petite taille fait de lui une cible facile. Malgré les difficultés, Ravi est resté résistant et s'est accroché à l'espoir que la vie changerait un jour pour le mieux.

À la fin de l'adolescence, le contraste entre Surjo et Ravi est devenu plus évident. Ravi, bien que de petite taille, possédait un charme et un charisme rares qui l'attachaient à ceux qui voyaient au-delà des apparences. Arjun, quant à lui, est devenu un jeune homme séduisant et sûr de lui, suscitant souvent l'admiration de nombreuses personnes.

En grandissant, le propriétaire de l'orphelinat et les autres enfants ont commencé à voir Ravi sous un jour différent. Sa nature généreuse et sa détermination inébranlable à aider les autres les ont peu à peu convaincus. Les murs du ressentiment ont commencé à s'effondrer et Ravi a trouvé un endroit qu'il pouvait enfin appeler son chez-soi.

Au cours de leur dernière année de lycée, alors que l'amitié entre Ravi et Arjun s'est épanouie, le destin leur réserve un sort cruel. Ravi est tombé gravement malade et on lui a diagnostiqué une forme rare de cancer du sang. La nouvelle a dévasté les deux garçons, et Arjun a réalisé l'ampleur du lien qui s'était formé entre eux.

Alors que Ravi affronte son combat avec courage et sourire, le cœur d'Arjun s'ouvre à l'amour profond qu'il éprouve pour son ami. Il passe tout son temps aux côtés de Ravi, le soutenant de toutes les manières possibles. Face à l'adversité, leur amitié est devenue plus profonde et plus significative.

Au fur et à mesure que les jours s'égrènent pour Ravi, Arjun et lui se rendent compte que le temps qu'ils passent ensemble est limité. Ils ont chéri chaque instant, profitant au maximum des jours qui leur restaient. En présence l'un de l'autre, ils ont trouvé le réconfort et l'amour inconditionnel qu'ils attendaient tous les deux depuis longtemps.

Lorsque le moment est venu pour Ravi de faire ses adieux au monde, l'ensemble de l'orphelinat et de l'école s'est uni dans la douleur. Surjo, qui était autrefois un paria, avait touché le cœur de nombreuses personnes et laissé une marque indélébile dans leur âme. Arjun, dévasté par cette perte, s'est juré de garder à jamais la mémoire de Ravi dans son cœur.

Après le décès de Ravi, l'orphelinat a subi une profonde transformation. Le propriétaire et les enfants ont pris conscience de la véritable valeur de l'amour et de l'acceptation, apprenant que les liens nés de la compassion et de la compréhension transcendent les normes sociétales et les apparences.

Arjun, transformé à jamais par la présence de Ravi dans sa vie, est devenu philanthrope, consacrant sa vie à aider les enfants orphelins et ceux qui luttent contre des maladies mortelles. Il a veillé à ce qu'aucun enfant ne se sente indésirable ou mal aimé, comme Ravi l'avait ressenti autrefois.

L'histoire de Ravi et Arjun reste un témoignage de la puissance des liens invisibles qui peuvent se tisser entre les gens, brisant les barrières du ressentiment et des préjugés et allumant un amour profond qui dure au-delà du temps et de l'espace.

♣ ♣ ♣

Gardien dans la tempête
Une histoire de courage et d'attention

Au milieu de la pluie battante et du calme inquiétant de la ferme, Maria se tient dans la chambre d'enfant faiblement éclairée, berçant l'enfant fiévreux dans ses bras. La pièce semble se refermer sur elle, amplifiant les cris du bébé qui lui tiraillent le cœur à chaque gémissement désespéré. L'horloge antique accrochée au mur fait tic-tac, chaque seconde paraissant une éternité. Minuit approche et son inquiétude grandit à chaque instant.

Tandis que Maria berce doucement le bébé, son esprit s'emballe. Elle n'était qu'une jeune femme, une gardienne nouvellement arrivée dans ce domaine rural. L'environnement inconnu et la responsabilité de l'enfant malade pèsent lourdement sur ses épaules. Elle jette un coup d'œil sur le petit visage rougi et balaie une mèche de cheveux humide sur le front du bébé. La température de l'enfant monte en flèche et les tentatives de Maria pour l'atténuer s'avèrent vaines.

"Je ne peux pas le faire seule", murmure Maria, la voix tremblante.

Déterminée, Maria place le bébé dans le berceau et attrape son téléphone. Elle compose le seul numéro qu'elle connaît, celui de son maître. Le téléphone sonne et, après quelques instants de tension, un message vocal l'accueille. La frustration monte en elle et elle déconnecte l'appel. Elle réalise alors qu'elle est vraiment seule dans ce moment de crise.

Le bruit lointain des sirènes se rapproche, interrompant ses pensées. Une lumière rouge clignotante a brièvement éclairé la chambre d'enfant, projetant des ombres inquiétantes sur les murs. Le cœur de Maria s'emballe et elle se précipite vers la fenêtre, jetant un coup d'œil à travers le verre trempé par la pluie. Deux véhicules se sont arrêtés devant la ferme. Un sentiment de soulagement l'envahit lorsqu'elle aperçoit les silhouettes familières de son maître et de sa femme qui sortent des voitures.

Maria s'empresse de descendre et d'ouvrir la porte d'entrée. La pluie tombe en cascade sur le porche tandis que son maître et sa femme se précipitent à l'intérieur, trempés et inquiets. Ils observent la scène - l'expression anxieuse de Maria, le bébé qui pleure et le désordre qui règne dans la chambre d'enfant.

"Qu'est-ce qui s'est passé ? s'exclame son maître, dont l'inquiétude est évidente.

Maria raconte rapidement les événements de la soirée, sa voix tremblante expliquant l'aggravation de l'état du bébé. La femme de son maître se précipite vers le berceau et prend l'enfant dans ses bras. Ils échangent un regard inquiet avant de se précipiter vers la porte.

"Appelez une ambulance", lui dit son maître, la voix ferme malgré son inquiétude.

Tandis que l'ambulance fonce sur les routes détrempées par la pluie, Maria fait les cent pas dans le salon. Elle ne peut s'empêcher de repasser les événements de la soirée dans sa tête. Avait-elle fait tout ce qu'elle pouvait pour le bébé ? La sonnerie du téléphone de son maître interrompt ses pensées. Il répondit et parla à voix basse, son visage s'assombrissant.

"Les routes sont inondées", explique-t-il à sa femme, la voix lourde d'inquiétude. "L'ambulance a du mal à nous joindre.

Le cœur de Maria se serre à mesure que la réalité de la situation s'impose. Le temps presse et ils sont isolés dans une ferme isolée avec un enfant malade.

Déterminée à ne pas laisser le désespoir l'emporter, Maria regarde son maître et lui dit : "Je connais une clinique à proximité. Ce n'est pas loin, et je peux vous y guider."

Sans hésiter, son maître et sa femme ont empaqueté le bébé, vêtus d'un imperméable et déterminés. Maria les conduit à travers les champs inondés par la pluie, chaque pas les rapprochant de la petite clinique.

Finalement, le bébé a reçu les soins médicaux dont il avait désespérément besoin. La rapidité d'esprit et la détermination de Maria ont sauvé la situation. Alors que les premières lueurs de l'aube percent les nuages d'orage, la fièvre du bébé commence à baisser et ses pleurs se transforment en roucoulements calmes et satisfaits.

Les jours se sont transformés en semaines, et la ferme a retrouvé sa tranquillité. Maria a affronté ses peurs et prouvé sa force face à l'adversité. Elle n'a pas seulement veillé au bien-être physique du bébé, mais lui a aussi apporté réconfort et soutien dans un moment de crise.

La tempête est passée, laissant derrière elle un sentiment renouvelé de gratitude et de résilience. Le dévouement de Maria à l'égard de l'enfant a cimenté sa place dans le cœur de son maître et de sa femme. Alors que le soleil se lève sur la ferme, jetant une chaude lueur sur les champs, Maria sait qu'elle est devenue plus qu'une simple gardienne - elle est devenue l'ange gardien de la précieuse vie qu'elle a contribué à sauver.

Kafan - Un secret dévoilé

En Inde, dans un agréable village niché au milieu de champs verdoyants, vivait une femme nommée Meera. Elle était veuve et avait perdu son mari, Rajesh, dans un tragique accident peu après la naissance de leur unique enfant, Ravi. Meera adorait son fils et lui consacrait tout son amour et son attention. Cependant, au fur et à mesure que Ravi grandit, elle remarque des changements alarmants dans son comportement.

À l'adolescence, Ravi devient rebelle et s'adonne à des vices qui troublent profondément Meera. Inquiète pour l'avenir de son fils, elle a tenté diverses interventions pour le remettre sur le droit chemin, mais tous ses efforts se sont révélés vains. Un soir, après une dispute intense avec Ravi, elle est submergée par ses émotions et, dans un moment de folie, elle le frappe avec un objet lourd, provoquant accidentellement sa mort.

Meera est brisée par ce qu'elle a fait et accablée par la culpabilité et la peur. Incapable de porter le fardeau de son crime, elle décide d'enterrer la vérité et de cacher le corps de Ravi dans un endroit isolé à l'extérieur du village. Le poids de son secret était immense, mais elle pensait que le garder caché était le seul moyen de protéger la réputation de sa famille et d'éviter l'opprobre de la société.

Pendant les quinze années qui ont suivi, Meera a vécu dans le tourment constant de ses actes. La culpabilité rongeait son âme chaque jour, mais elle se donnait des airs de mère éplorée pour ne pas éveiller les soupçons. Le village a remarqué sa tristesse et a supposé qu'elle était due à la perte de son mari. Meera s'est de plus en plus repliée sur elle-même, évitant les réunions sociales et les contacts avec les autres, ce qui a donné lieu à d'autres spéculations.

La vie continue dans le village, mais le secret de Meera est toujours tapi dans l'ombre. Cependant, le destin a eu d'autres projets. Un jour, un groupe d'ouvriers du bâtiment est tombé sur des restes humains alors qu'il creusait les fondations d'un nouveau bâtiment à la périphérie du village. La police a été informée et a commencé à enquêter sur l'affaire comme s'il s'agissait d'un possible meurtre.

Au fil de l'enquête, la police a interrogé les villageois, tentant de recueillir toute information susceptible de les conduire à l'identité de la personne décédée. Les rumeurs se sont répandues comme une traînée de poudre, et des chuchotements sur une affaire de disparition non résolue datant d'il y a quinze ans ont refait surface.

La police a fini par contacter Meera pour lui demander de l'aider à identifier les restes. Craignant que son secret ne soit dévoilé, Meera a tenté de détourner leur attention, mais les détectives ont persisté. Au fur et à mesure que les pièces du puzzle se mettent en place, la vérité commence à se dévoiler, révélant de manière choquante l'implication de Meera dans la mort de son fils.

Lorsque la nouvelle de la découverte se répand, tout le village est en état de choc. La communauté ne comprenait pas comment une mère aimante pouvait commettre un acte aussi odieux. Des murmures de condamnation ont envahi l'air, et Meera est devenue une paria du jour au lendemain. Son passé de veuve éplorée a volé en éclats et sa véritable personnalité a été révélée au monde entier.

Au milieu du chaos, certains ont compati à la détresse de Meera, reconnaissant le poids du fardeau qu'elle a porté pendant quinze ans. Peu à peu, quelques âmes compatissantes ont commencé à tendre une main de pardon et de soutien, exhortant les villageois à ne pas juger trop sévèrement. Ils ont souligné l'importance de comprendre les troubles mentaux et la profondeur de l'amour d'une mère.

Au début de son procès, Meera a dû faire face aux conséquences de ses actes. La salle d'audience était divisée entre ceux qui demandaient justice et ceux qui croyaient en la rédemption. Au fil des débats, l'histoire de l'amour indéfectible d'une mère pour son fils en difficulté s'est déroulée et a profondément marqué toutes les personnes présentes.

En fin de compte, le tribunal a rendu son jugement, mais l'histoire de Meera et Ravi est restée gravée dans le cœur des villageois. Cette histoire tragique nous rappelle la complexité des émotions humaines, les conséquences des choix faits dans les moments de désespoir et le pouvoir de l'empathie et du pardon pour guérir des blessures que la société ne comprendra peut-être jamais entièrement.

Métamorphose des cœurs
Une histoire de liens profonds et de rédemption

Dans les couloirs de la prestigieuse université, il existe un scientifique énigmatique nommé Professeur Alexander Mitchell. Reconnu dans le monde entier pour ses recherches révolutionnaires et ses prouesses intellectuelles, il suscitait à la fois l'admiration et la crainte de ses étudiants. La façade sévère qu'il affichait était son armure, protégeant la vulnérabilité qu'il renfermait. Parmi ses élèves, Anna Turner fait figure d'anomalie : c'est la seule qui semble insensible à son intimidation.

Anna était une élève exceptionnelle, animée d'une volonté farouche de réussir. Inébranlable dans sa quête de connaissances, elle n'a pas été découragée par les tentatives du professeur Mitchell de la dissuader. Leurs interactions laissaient souvent la salle de classe bruire des histoires chuchotées de leurs batailles d'esprit. Pourtant, malgré les heurts, l'esprit inébranlable d'Anna a piqué la curiosité du professeur.

Mais la vie d'Anna a été marquée par une tragédie personnelle. Ayant perdu son père à un jeune âge et comptant uniquement sur sa mère pour la soutenir, elle avait développé une indépendance résolue qui correspondait à sa détermination à réussir. Lorsque la mère d'Anna tombe gravement malade, le fragile équilibre de son monde commence à s'effondrer. S'efforçant de faire face aux bouleversements émotionnels et aux charges financières croissantes, Anna s'est retrouvée à la croisée des chemins.

Au milieu de cette agitation, une rencontre fortuite avec le professeur Mitchell en dehors de la salle de classe a apporté un réconfort inattendu. Anna, souvent la cible de sa colère, a été déconcertée lorsqu'il s'est approché d'elle avec une réelle inquiétude. Leur conversation a révélé une facette de lui qu'elle n'avait jamais vue - une facette remplie d'empathie et de compassion. Il lui a présenté non seulement ses condoléances, mais aussi sa volonté de la soutenir en cas de besoin.

Alors que l'état de santé de la mère d'Anna s'aggravait, l'aide du professeur est devenue une bouée de sauvetage. Il a aidé à organiser les soins médicaux, a fourni une aide financière et a même rallié ses collègues pour qu'ils offrent leur soutien. Le mur qui les séparait autrefois commence à s'effondrer, révélant le lien profond qui s'est développé sous la surface.

Grâce à cette lutte commune, la transformation du professeur Mitchell est devenue évidente pour tout le monde. Ses interactions avec Anna sont devenues emblématiques de l'évolution de son comportement. L'extérieur froid a disparu, remplacé par une chaleur et une sincérité qui ont trouvé un écho auprès de tous ceux qui en ont été témoins. La réputation de figure inaccessible du professeur commence à s'estomper, remplacée par un nouveau sentiment de camaraderie.

Anna, à son tour, a développé un profond respect et une grande admiration pour l'homme qui avait été son adversaire. Elle a reconnu les couches complexes de son caractère, comprenant que sa façade sévère avait été un mécanisme de défense forgé par ses propres expériences de vie.

La tragédie, qui est souvent un catalyseur de changement, a comblé le fossé entre deux âmes apparemment incompatibles. Le souci sincère du professeur Mitchell pour le bien-être d'Anna, associé à sa résilience et à sa détermination, a transformé leur relation. Tous deux sont devenus une source d'inspiration pour l'ensemble de la communauté universitaire - un témoignage du pouvoir de la compassion et de la capacité de changement qui existe en chacun de nous.

En fin de compte, c'est l'histoire de deux personnes qui ont bouclé la boucle - l'une qui s'est débarrassée de son masque de sévérité pour révéler son vrai visage et l'autre qui a surmonté l'adversité pour forger un lien indéfectible. L'université, qui était autrefois un lieu de rigueur académique et de distance, est aujourd'hui un témoignage vivant du pouvoir de transformation de l'amour et de la compréhension.

L'ombre de la confiance
Dévoiler la liberté à Kolkata

Au cœur de l'effervescence de Kolkata, une jeune femme nommée Anika s'est retrouvée dans une situation qu'elle n'aurait jamais pu imaginer. Elle se tenait devant une porte inconnue, dont le bois était usé par des années de négligence. L'air était chargé de mystère et un frisson lui parcourut l'échine tandis qu'elle réfléchissait à sa prochaine action.

Le cœur d'Anika s'emballe tandis qu'elle observe son environnement. L'étroite ruelle était plongée dans l'ombre, les bruits de la ville résonnant faiblement au loin. Elle a été attirée dans cet endroit inconnu par un étranger charismatique qui lui a promis la chance de sa vie. Mais les promesses n'étaient plus qu'un piège et elle se retrouvait maintenant dans cette situation inquiétante.

Le désespoir monte en elle, alimenté par le souvenir de sa récente erreur. Elle avait fait aveuglément confiance au charmant étranger, pour se retrouver enfermée dans une pièce miteuse, coupée du monde qu'elle connaissait. Un mélange de peur et de détermination assombrit désormais son esprit autrefois si vif.

Anika n'a d'autre choix que d'ouvrir la porte pour affronter ce qui se cache derrière. Prenant une profonde inspiration, elle rassembla toutes ses forces et poussa contre le bois têtu. La porte s'ouvrit en grinçant, révélant un couloir faiblement éclairé qui s'étendait à l'infini dans l'obscurité.

S'avançant prudemment dans le couloir, Anika a les sens en éveil. Chaque son, chaque mouvement, lui donne des frissons. Elle n'avait aucune idée de l'endroit où ce chemin la mènerait, mais une chose était sûre : elle était déterminée à échapper à sa captivité et à recouvrer sa liberté.

A mesure qu'elle s'enfonçait dans l'inconnu, le couloir semblait se rétrécir, ses murs se refermant sur elle. Le doute la ronge et elle se demande si elle n'a pas fait une terrible erreur. Mais le souvenir du sourire trompeur de l'étranger renforce sa détermination. Elle ne peut plus se permettre d'être une victime.

Après ce qui lui a semblé être une éternité, Anika est enfin arrivée au bout du couloir. Devant elle se trouvait une lourde porte ornée de sculptures complexes qui évoquaient des histoires du passé. Sous l'effet de l'adrénaline, elle pousse la porte et se retrouve face à une lumière aveuglante.

Se protégeant les yeux, Anika trébucha à l'air libre, ses sens submergés par le changement soudain. Lorsque sa vision s'est ajustée, elle s'est retrouvée dans un jardin luxuriant, un contraste saisissant avec l'enfermement qu'elle avait enduré. Les fleurs colorées dansent dans la brise légère et le bourdonnement lointain de la ville crée une toile de fond apaisante.

Les larmes montent aux yeux d'Anika lorsqu'elle réalise qu'elle s'est échappée. Elle a bravé l'obscurité et l'incertitude, pour émerger à nouveau dans la lumière. Les leçons qu'elle a apprises sur la confiance et la résilience façonneront à jamais son parcours.

Kolkata, la ville des contrastes, a été le témoin de la transformation d'une jeune femme, de la captivité à la libération. L'histoire d'Anika est devenue un récit chuchoté dans les ruelles étroites et les marchés animés, rappelant que même dans les moments les plus sombres, l'esprit humain peut briller d'espoir et de courage.

Échoués dans la mer de la survie

Dans le royaume enchanteur de la Thaïlande, où les eaux azurées se confondent avec le ciel, un groupe s'est embarqué pour un voyage apparemment idyllique vers un groupe d'îles captivantes. Ces îles, formant collectivement un havre d'hospitalité, offraient la promesse d'une évasion onirique, d'un répit dans la routine de la vie.

Sous le ciel étoilé, le groupe de voyageurs se délecte de la beauté des lieux. Parmi eux se trouvait un couple de jeunes mariés, dont le cœur débordait de l'excitation des débuts partagés. Un jeune garçon et une jeune fille, dont les yeux reflètent l'émerveillement des nouvelles expériences, ajoutent une touche d'innocence à l'ensemble. Ils étaient loin de se douter que cette escapade mettrait à l'épreuve leurs liens et les pousserait à leurs limites.

À la tombée de la nuit, une calamité tempétueuse s'est déclenchée. Le ciel déversait des torrents de pluie et la terre tremblait d'un malaise inquiétant. Les îles, qui constituaient autrefois un sanctuaire collectif, ont succombé à la fureur de la nature. L'un après l'autre, ils perdent pied et s'enfoncent dans les profondeurs de la mer, laissant le groupe à la dérive au milieu d'une étendue impitoyable.

Au milieu du chaos, l'union des jeunes mariés a été mise à l'épreuve pour la première fois. La peur et l'incertitude imprègnent l'air, les vagues déferlantes reflétant les émotions tumultueuses qui les habitent. Sur un radeau de fortune, ils se sont accrochés l'un à l'autre, trouvant du réconfort dans leur étreinte commune alors qu'ils naviguaient sur les eaux traîtresses.

Le jeune garçon et la jeune fille, peu habitués à l'art de la natation, s'accrochent à l'espoir alors qu'ils se débattent dans les courants rugissants. À chaque coup de mer, leur détermination est mise à l'épreuve, leur lien devenant une bouée de sauvetage face à l'assaut incessant de la mer.

Pendant des heures qui ont semblé une éternité, le groupe s'est accroché à la survie. Flottant sur des débris, ils se sont frayé un chemin dans la tempête, animés d'une volonté inflexible de durer. Un petit bateau, découvert par hasard, offre un répit éphémère. Le garçon, plein de détermination, tente de les diriger vers des rivages plus sûrs, luttant contre les courants inconnus à chaque coup de pagaie.

Au milieu de la lutte, une vague colossale se profile, menaçant de les consumer tout entiers. Les mains du garçon tremblent sur la barre du bateau, l'incertitude obscurcit ses yeux. Ce fut un moment de terreur partagée, un appel silencieux qui les a tous unis. Au fur et à mesure que la vague déferlait, leur navire a frôlé la catastrophe, mais à force de persévérance, ils ont résisté à la tempête.

La nuit se prolonge, marquée par une danse de destruction et de survie. Les stations se sont effondrées et les huttes des îles ont disparu sous les vagues, laissant la lutte du groupe illuminée par la tempête incessante et la lumière durable de leur esprit.

Alors que l'aube peint l'horizon de teintes d'espoir, un spectacle émerge de la brume : une île unique, un sanctuaire au milieu de la tourmente. Épuisés mais déterminés, les survivants se sont rassemblés sur ses rives, leurs esprits humiliés par les forces de la nature, leurs liens forgés dans le creuset de l'adversité.

Dans l'étreinte de ce nouveau jour, le groupe a trouvé une force commune qui transcende la langue et l'origine. Ils ont résisté à la tempête, leur survie témoignant de la ténacité de l'esprit humain et des liens indéfectibles qui nous unissent tous. Au cœur des mers majestueuses de Thaïlande, leur histoire résonne - une histoire de courage, d'unité et de quête incessante d'un lever de soleil au-delà de la tempête.

L'imperméable noir

Dans les collines isolées de Darjeeling, sous une pluie battante, vivaient un homme nommé Rajesh et sa fille adoptive de huit ans, Mithili. Leur modeste maison était isolée de la ville animée et le voisin le plus proche se trouvait à une distance considérable. La vie de Rajesh a pris un tournant tragique lorsque sa femme est décédée dans un terrible accident, le laissant avec une fille qu'il chérissait.

Une nuit de tempête, Mithili tombe gravement malade. Sa fièvre monte en flèche et elle semble sombrer dans le délire. Rajesh, anxieux et cherchant désespérément de l'aide, n'avait nulle part où aller. Ses maigres économies sont presque épuisées et la ville n'offre aucune possibilité de travail en raison de la pandémie.

À l'approche de minuit, on frappe soudain à la porte. Rajesh hésite mais finit par l'ouvrir à un inconnu trempé. L'homme a déclaré que sa voiture était tombée en panne et qu'il avait besoin d'un abri pour la nuit. Rajesh, avec un mélange de prudence et de sympathie, a laissé l'homme entrer.

L'étranger avait un air mystérieux, enveloppé dans un imperméable noir qui semblait se fondre dans l'obscurité. Il a insisté pour examiner Mithili et semblait confiant dans sa capacité à l'aider. Rajesh, qui s'accroche à une lueur d'espoir, laisse l'homme s'occuper de sa fille.

L'étranger a préparé une pâte médicinale à l'aide de sa valise noire et, miraculeusement, l'état de Mithili s'est amélioré. Rajesh était reconnaissant et lui a offert le peu de nourriture qu'il avait à la maison - du thé et des biscuits. L'étranger rassure Rajesh, l'exhorte à avoir foi en Dieu et lui promet que les choses s'amélioreront.

Au fil de la nuit, la présence mystérieuse de l'étranger commence à troubler Rajesh. Des questions se posent à lui : qui est cet homme ? Qu'est-ce qui l'a amené dans ce lieu isolé par une nuit de tempête ?

Au petit matin, juste avant l'aube, l'étranger annonce son départ. Il a affirmé que Mithili était hors de danger et qu'elle se rétablirait bientôt complètement. Rajesh, encore à moitié endormi, avait du mal à comprendre ce qui se passait. Lorsque l'étranger s'en va, Rajesh essaie de le voir clairement dans la faible lumière, mais le visage de l'homme reste une énigme.

La pluie s'intensifie, accompagnée de fréquents éclairs. Rajesh remarque quelque chose de particulier à propos de l'imperméable de l'étranger : ce n'est pas un imperméable ordinaire, mais le même imperméable noir qui avait été laissé intact dans l'épave de l'accident de voiture de sa femme.

Ébranlé, Rajesh se rend compte que l'étranger n'est pas un voyageur ordinaire, mais une figure spectrale qui le hante depuis cette nuit tragique. L'imperméable était un rappel macabre de ce jour fatidique où sa femme avait perdu la vie, et l'étranger avait été maudit pour errer sur les routes sans but, piégé à jamais dans un cycle éthéré.

À partir de ce jour, le destin de Rajesh et de Mithili a pris un tournant miraculeux. L'argent de la mallette de l'étranger a été leur bouée de sauvetage, leur procurant un nouveau sentiment de sécurité et de confort. La santé de Mithili s'est considérablement améliorée et la pauvreté a semblé disparaître de leur vie.

Pourtant, l'imperméable noir est resté un étrange souvenir de la rencontre surnaturelle. Le souvenir obsédant de cette nuit d'orage persiste, laissant Rajesh dans un état de gratitude et de malaise. Il ne peut s'empêcher de se demander si l'étranger est un esprit bienveillant ou le signe avant-coureur de forces mystérieuses qui dépassent l'entendement.

Au fil du temps, la légende de l'imperméable noir s'est répandue dans les collines de Darjeeling, devenant une histoire glaçante de mystère et de surnaturel. Les habitants racontent l'histoire, se demandant si l'étranger est un ange gardien ou une âme inquiète en quête de rédemption.

C'est ainsi que l'imperméable noir continua à garder ses secrets, son aura glaciale rappelant que dans les collines isolées de Darjeeling, tout était possible et que la frontière entre les vivants et l'autre monde pouvait être aussi mince que la brume du matin.

♣ ♣ ♣

La danse du destin

Dans la ville animée de Mumbai, au milieu du chaos vibrant, vivaient deux sœurs jumelles identiques, Riya et Priya. Bien qu'ils soient le reflet l'un de l'autre, leurs cœurs renferment des émotions très différentes. Riya, la sœur aînée, est en proie à une jalousie incessante à l'égard de Priya, sa cadette. Malgré leur lien inséparable, Riya n'arrive pas à se débarrasser des pensées envieuses qui lui viennent à l'esprit chaque fois qu'elle voit les réalisations et le bonheur de sa sœur.

Le destin a voulu que Priya tombe amoureuse de Rahul, un homme d'affaires charismatique et fortuné qui l'a séduite. Leur histoire d'amour semblait être un rêve devenu réalité, mais la jalousie de Riya n'a fait que s'intensifier. Incapable de supporter de voir sa sœur si satisfaite, Riya a concocté un plan diabolique pour conquérir Rahul pour elle-même.

Grâce à une manipulation astucieuse et à un charme trompeur, Riya a réussi à éloigner Rahul de sa sœur, laissant Priya le cœur brisé et anéanti. Dans son agonie silencieuse, Priya a choisi de laisser sa famille derrière elle, leur épargnant ainsi la douleur d'être les témoins de son cœur brisé. Elle a disparu, sans laisser de traces, et la famille, autrefois heureuse, est repartie de l'avant, Riya et Rahul construisant leur vie ensemble, avec des jumeaux, un fils et une fille.

Les années ont passé et Riya et Rahul sont devenus l'image d'une famille parfaite, élevant leurs jumeaux, Veer et Dia, avec amour et attention. L'absence de Priya était un vide qui les hantait, mais ils avaient appris à vivre avec le mal de son absence. Les jumeaux, Veer et Dia, ont grandi dans l'ignorance la plus totale du mystère qui entourait leur famille.

Un jour, le destin a décidé de jouer une carte surprenante. Priya est retournée à Mumbai, une femme prospère et riche, avec des réalisations qui ont dépassé toutes les attentes. Ses années d'absence l'ont transformée en une force avec laquelle il faut compter, une femme de substance et de richesse. Malgré ses réussites, le vide dans son cœur demeure et elle souhaite ardemment renouer avec sa famille.

Le retour de Priya a bouleversé la famille qu'elle avait laissée derrière elle. Riya est prise au dépourvu, le cœur déchiré entre la culpabilité de ses actes passés et la peur de perdre tout ce qu'elle a acquis. Rahul, quant à lui, est hanté par les souvenirs de l'amour qu'il a partagé avec Priya.

Rassemblant le courage d'affronter sa sœur, Priya se tient devant Riya, ses yeux reflétant à la fois la douleur et le pardon. Elle lui révèle la vérité sur son départ, le sacrifice silencieux qu'elle a fait pour le bonheur de sa sœur. Riya est prise de remords, comprenant enfin la profondeur de l'amour de sa sœur et la douleur qu'elle a causée.

Rahul, déchiré entre le passé et le présent, a du mal à affronter les émotions qu'il a enfouies au plus profond de son cœur. Les souvenirs de son amour pour Priya refont surface, le poussant à remettre en question la vie qu'il a construite avec Riya.

Au milieu de cette tourmente émotionnelle, Veer et Dia, les jumeaux des deux sœurs, se trouvent à la croisée des chemins. Le lien qui les unit est indéfectible, mais la révélation du retour de Priya et des secrets de leur mère déclenche une série d'événements qui façonneront leur vie à jamais.

Tandis que Priya embrasse à nouveau sa famille, Riya commence à reconstruire la confiance qu'elle avait brisée il y a des années. Grâce à des conversations sincères et des larmes de rédemption, les deux sœurs ont trouvé la guérison dans la présence de l'autre.

Rahul, déchiré entre son amour passé et son amour présent, est confronté à un choix difficile. Riya et Priya avaient toutes deux des prétentions sur son cœur, et il a été forcé de faire face à ses émotions en toute honnêteté. En fin de compte, il a choisi de soutenir Riya, reconnaissant la vie qu'ils avaient construite ensemble et l'amour qu'ils partageaient en tant que famille.

Avec le temps, Veer et Dia ont accueilli leur mère, Priya, à bras ouverts. Les frères et sœurs, ignorant l'histoire complexe qui a façonné leur famille, se rapprochent à mesure qu'ils découvrent la force de leur lien.

En fin de compte, l'histoire de Riya, Priya et Rahul nous enseigne une leçon puissante sur les complexités de l'amour, du pardon et des liens indéfectibles de la famille. Ils ont compris que la danse du destin tisse ses motifs, entremêlant souvent les vies de ceux que nous aimons, et que c'est en embrassant les imperfections de notre voyage que nous trouvons le vrai bonheur et la rédemption.

La Cité interdite de l'or
Une histoire d'amitié et de découverte

Dans la vaste étendue de l'océan, loin du monde connu, se trouve une île cachée aux richesses inouïes, la Cité interdite de l'or. Cette île énigmatique était cachée aux yeux du commun des mortels, enveloppée d'un épais brouillard, et accessible uniquement à ceux qui avaient un cœur pur et une absence de cupidité. Les légendes parlent de mines d'or et de rubis qui ornent les nombreuses collines de l'île, mais celle-ci reste un lieu mystérieux et insaisissable, épargné par les mains de l'humanité.

Lors d'un lointain réveillon, deux amis, Alex et Chris, se retrouvent à la dérive au milieu du vaste océan après une nuit de festivités à bord d'un bateau de croisière. Ils s'étaient aventurés pour célébrer le début d'une nouvelle année, mais le destin avait d'autres projets pour eux. Ivre et perdu, leur petit bateau devient leur refuge, flottant sans but dans l'immensité de la mer.

Alors que les jours se transforment en nuits et que le soleil et la lune poursuivent leur danse céleste, les amis se lassent, ont faim et soif. Le désespoir a commencé à obscurcir leur jugement et la survie est devenue leur seule préoccupation. Au milieu d'une journée étouffante, Chris s'est effondré de faim, et sa conscience s'est évanouie. C'est alors qu'Alex aperçoit un groupe de poissons espiègles à la surface de l'eau, les taquinant en leur promettant de la nourriture.

Pourtant, ils n'avaient rien sur leur bateau qui leur permette d'attraper l'insaisissable poisson. C'est dans ce moment de désespoir qu'Alex a eu une idée. Il regarda ses vêtements et réalisa que s'il les utilisait comme un filet, ils pourraient peut-être attraper quelques poissons pour apaiser leur faim. Avec une nouvelle détermination, Alex a réveillé Chris et lui a fait part de son plan.

Chris hésite d'abord, incertain à l'idée de se déshabiller dans l'immensité de l'océan. "Vous suggérez que je me mette à poil pour attraper du poisson ? N'est-ce pas un peu extrême ?", a-t-il protesté.

En réponse, Alex sourit, ses yeux reflétant une profonde confiance entre amis. "Il n'y a pas de honte à avoir devant vous. Nous avons tant partagé ensemble, et en ce moment désespéré, nous devons compter les uns sur les autres. On dit que la Cité interdite de l'or ne se révèle qu'à ceux qui ont le cœur pur et sont dénués d'avidité. Je crois que nous devons être fidèles à nous-mêmes, accepter notre vulnérabilité et faire confiance à l'autre pour trouver notre voie".

À ces mots, Chris a senti une chaleur dans son cœur. Dans ce lien d'amitié indéfectible, il se débarrasse de ses inhibitions et se déshabille, les laissant tous deux nus mais sans honte ni embarras. Ensemble, ils ont fabriqué un filet de fortune avec leurs vêtements et Alex l'a soigneusement plongé dans l'eau, dans l'espoir de capturer leur proie insaisissable.

Comme par une force mystique, les poissons semblaient attirés par leur ouverture et leur vulnérabilité. Le filet se remplit d'une grande quantité de poissons, et leur faim fut momentanément satisfaite. Les deux amis ont partagé un rire sincère et un sentiment de camaraderie qui dépassait leur situation actuelle.

Alors qu'ils flottaient là, nus mais sans honte, ils commencèrent à remarquer quelque chose d'extraordinaire. L'épaisse forêt qui les entourait commença à se dissiper, et la vision d'une île majestueuse commença à se matérialiser devant leurs yeux. La Cité interdite de l'or leur est révélée, scintillante de promesses de trésors inouïs.

Ils s'émerveillent devant ce spectacle, impressionnés par la beauté et l'émerveillement qui s'offrent à eux. Ils ont compris que ce n'était pas la richesse de l'or et des rubis qui comptait, mais la richesse de leur amitié et la profondeur de leur âme.

Avec un espoir et une détermination retrouvés, Alex et Chris mettent le cap sur la Cité interdite de l'or. Leur amitié et leur confiance mutuelle ont été leur fil conducteur. En s'approchant du rivage de l'île, ils éprouvent un sentiment de crainte et de respect, car ils savent qu'ils sont témoins de quelque chose qui dépasse le domaine des simples mortels.

En pénétrant sur l'île, ils sont accueillis par sa splendeur. Partout où ils regardaient, ils voyaient des trésors étincelants, mais ils n'avaient aucun désir de les posséder. Au contraire, ils se sont sentis humiliés par la grâce et la beauté de l'île, reconnaissants de l'expérience qu'ils avaient partagée.

En explorant l'île, ils rencontrent ses habitants, des gens parés non pas de vêtements mais d'ornements d'or et de rubis. Ils ont appris que les trésors de l'île n'étaient pas destinés à être thésaurisés, mais à être partagés avec ceux qui comprenaient le véritable sens de la richesse.

Le temps a passé sur l'île interdite de l'or, et Alex et Chris ont adopté les enseignements de l'île, chérissant leur amitié par-dessus tout. Ils savaient qu'ils ne pourraient jamais conserver les richesses de l'île, mais ils emportaient avec eux une richesse bien plus grande - le trésor de leur lien et les leçons qu'ils avaient apprises sur la confiance, la vulnérabilité et la beauté d'être fidèle à soi-même.

Leur aventure est devenue un conte de légendes, chuchoté à voix basse sur des rivages lointains. Bien qu'ils aient fini par retourner dans le monde extérieur, la Cité d'or interdite est restée à jamais gravée dans leurs cœurs, symbole d'une amitié qui transcende le temps et l'espace, guidée par l'amour et trouvée dans les endroits les plus inattendus.

En fin de compte, ce ne sont pas les trésors d'or et de rubis qui ont défini leur voyage, mais la découverte inestimable de la Cité interdite de l'or - l'île qui a révélé l'essence de leurs âmes et la force de leur lien indéfectible.

♣ ♣ ♣

Le miracle de la rue de l'infortune

Dans la rue étroite et sans prétention de Behari Lal Ganguly, se trouvait une épicerie nommée "Misfortune", tenue par un vieil homme mystérieux et grincheux, M. Jagmohan Senapati. Le magasin proposait diverses marchandises, mais les habitants l'évitaient en raison de l'attitude désagréable de Jagmohan. Cependant, personne ne savait que derrière la façade ordinaire de la boutique se cachait une chambre remplie de potions magiques d'une valeur inestimable.

Bahadur, un jeune homme originaire du Népal, travaillait comme fidèle assistant de Jagmohan, s'occupant à la fois du magasin et du ménage de Jagmohan. Personne ne se doutait que ces potions pouvaient changer des vies, en bien ou en mal. Par exemple, le philtre d'amour peut apporter la paix et l'harmonie, mais il peut aussi provoquer de la haine et des conflits s'il est utilisé à mauvais escient. De même, la potion de fortune peut apporter la prospérité et le bonheur ou déclencher la dévastation et la souffrance si elle est mal utilisée.

Un jour, Jagmohan est choqué de constater que tous ses pots de potion sont vides, et la panique s'installe. Il savait qu'il devait livrer ces potions à des individus dangereux cette nuit-là. Ces personnes avaient l'intention d'utiliser les potions pour semer le chaos et la destruction, et elles avaient déjà payé une somme substantielle pour leurs sinistres desseins.

Bahadur, qui avait caché une bouteille de liquide, a vu la situation désespérée de son employeur. Il a réalisé la gravité de ce qui pourrait se passer cette nuit-là. Le soleil s'est couché et les dangereux acheteurs sont arrivés, réclamant les potions, ce qui a donné lieu à un face-à-face tendu. Jagmohan tente de trouver des excuses, mais les acheteurs s'agitent de plus en plus.

Au moment opportun, Bahadur révèle le liquide secret. Il a bravement pulvérisé la potion sur les acheteurs malveillants. Un changement miraculeux s'est opéré en eux. L'atmosphère tendue s'est transformée en calme, et les individus dangereux ont soudain quitté les lieux en toute quiétude. Les potions avaient fait leur effet, mais pas de la façon dont les acheteurs l'avaient souhaité.

Jagmohan s'est rendu compte de son erreur, de la tentation de l'argent et du pouvoir qui l'avait conduit sur une voie dangereuse. La bravoure et la compassion de Bahadur les sauvent du désastre et montrent à Jagmohan la véritable utilité de ses potions magiques.

À partir de ce jour, Jagmohan décide d'utiliser les potions magiques pour le bien et non pour des gains égoïstes. Il a utilisé le philtre d'amour pour répandre l'harmonie parmi les habitants du quartier. Il a utilisé la potion de fortune pour aider les personnes dans le besoin et apporter la prospérité aux familles en difficulté.

Le magasin Misfortune, autrefois peu accueillant, s'est transformé en un lieu d'espoir et de positivité. Les habitants de la rue Behari Lal Ganguly ont commencé à accueillir le magasin et les clients ont afflué pour acheter des marchandises et faire l'expérience de la gentillesse authentique de M. Jagmohan Senapati.

Les héritiers

Démêler les liens du destin

Dans une ville nichée entre des collines ondulantes et des paysages pittoresques, vivait un vieil homme du nom de Kushal Kapoor. C'était un homme d'affaires fortuné qui avait travaillé dur pour construire un empire prospère avec diverses propriétés et des entreprises prospères. M. Kapoor avait deux fils, Raj et Arjun, et une fille, Nisha.

Au fil du temps, les enfants de M. Kapoor sont devenus des adultes, chacun avec ses rêves et ses désirs. Cependant, le destin avait d'autres plans pour la famille, car leurs choix et les circonstances allaient les mener sur des chemins inattendus.

Nisha, la plus jeune de la fratrie, est tombée amoureuse d'Aryan, un homme aux origines modestes. Malgré la désapprobation de son père, elle suit son cœur et épouse Aryan, préférant l'amour à la richesse. Cette décision a provoqué une rupture entre Nisha et son père, mais elle est restée fidèle à son engagement envers son mari.

Arjun, le fils cadet, se sentait quant à lui étouffé par les attentes de l'entreprise familiale et le poids de la richesse de la famille. Un jour, il a quitté la maison sans laisser de traces, en quête de liberté et d'indépendance au-delà des limites de son éducation.

Avec le départ d'Arjun, c'est à Raj, le fils aîné, qu'est revenu le fardeau de maintenir l'héritage familial. Cependant, Raj est aveuglé par la cupidité et le pouvoir, et nourrit l'ambition de prendre le contrôle de l'ensemble de l'empire commercial pour lui-même. Il manipule les situations à son avantage et profite de la santé fragile de son père.

M. Kapoor, sur son lit de mort, s'est retrouvé entouré des conséquences des choix de ses enfants. Son cœur souffre pour la famille brisée qu'il laissera derrière lui. Malgré leur rupture, il aimait tendrement chacun de ses enfants et souhaitait ardemment une réconciliation avant qu'il ne soit trop tard.

Au fil du temps, les deux fils de Raj, Rohan et Kabir, nourris par l'ambition de leur père, ont conspiré pour prendre le contrôle des propriétés et des entreprises de leur grand-père. Leur cupidité leur fait perdre de vue l'importance de la famille et ils se considèrent comme de simples concurrents dans la course à l'héritage.

D'autre part, Arjun, qui menait une vie d'artiste à l'écart du monde matérialiste, a embrassé sa véritable personnalité en tant qu'homosexuel. Il est devenu l'un des peintres les plus célèbres au cours de son voyage à la recherche de sa véritable personnalité. Il a adopté un jeune orphelin, Sameer, que sa famille avait abandonné en raison de sa sexualité. Arjun a comblé Sameer d'amour et d'attention, lui donnant la famille qu'il avait toujours désirée.

La tragédie survient lorsque Arjun meurt dans un mystérieux accident, laissant Sameer dévasté et seul.

Malgré la douleur de cette perte, Sameer est resté déterminé à trouver un moyen d'honorer la mémoire de son père et de protéger l'héritage d'amour et d'acceptation qu'il lui avait inculqué.

Un jour, Sameer décide de retourner dans la maison de la famille Kapoor, cette fois en tant que chauffeur. Il voulait être proche de son grand-père et découvrir la vérité sur la mort de son père. M. Kapoor, alité et sans réaction, avait perdu l'espoir de se réconcilier un jour avec sa famille.

Cependant, la présence de Sameer a ravivé quelque chose en lui. Sameer s'est occupé de M. Kapoor avec un amour et une attention sincères, et le vieil homme a lentement commencé à guérir. Les murs du ressentiment et de l'amertume ont commencé à s'effondrer, et une étincelle d'espoir est apparue dans les heures les plus sombres de la famille.

Voyant son grand-père changer, Sameer décide d'élucider les mystères qui entourent la mort de son père. Déterminé et résistant, il a cherché à obtenir justice pour Arjun et à révéler la vérité sur l'accident qui lui a coûté la vie. Ce faisant, Sameer ne s'est pas contenté de tourner la page, il a également découvert les manœuvres de manipulation de ses cousins, Rohan et Kabir.

La vérité dévoilée, Sameer confronte ses cousins et les exhorte à changer de comportement. Il leur a rappelé l'importance de la famille, de la compassion et de l'amour par rapport aux biens matériels. Peu à peu, leur cœur s'est adouci et ils ont pris conscience de la vacuité de leur quête cupide.

Par un coup du sort, la bataille juridique autour de l'héritage a pris une tournure inattendue. Le testament que M. Kapoor a laissé derrière lui garantissait que chaque enfant recevait une part équitable de sa fortune, leur rappelant l'importance de l'amour et de l'unité par-dessus tout.

L'état de santé de M. Kapoor s'étant amélioré, sa famille a finalement trouvé la guérison et la réconciliation. La famille autrefois brisée est désormais unie, liée par le fil de l'amour et de l'acceptation. La présence de Sameer avait apporté de la joie dans la vie du vieil homme et ravivé l'esprit de compassion et de compréhension de ses petits-enfants.

En fin de compte, l'histoire de la famille Kapoor a servi de leçon puissante sur la fragilité de la vie, l'importance d'embrasser son vrai moi et la force de l'amour qui peut combler même les fossés les plus profonds. Au fur et à mesure que la famille avançait, elle s'est rendu compte que la vraie richesse ne résidait pas dans les biens matériels, mais dans les liens d'une famille unie, unie contre les marées du destin.

Les derniers jours de Sadhan
Une histoire d'empathie, d'amour et de chagrin

Dans le coin faiblement éclairé d'une petite cellule d'un hôpital psychiatrique, Sadhan, un adulte de vingt ans, est assis au crépuscule de sa vie. Ses yeux, autrefois brillants, sont maintenant embrumés par la douleur et le chagrin. Il avait enduré toute une vie d'épreuves, mais ce sont ses derniers jours qui ont pesé le plus lourd sur ses épaules fatiguées.

Sadhan était l'aîné d'une famille qui avait du mal à joindre les deux bouts. Ses parents travaillaient respectivement comme ouvrier et femme de ménage, gagnant à peine de quoi subvenir aux besoins minimaux de leur famille nombreuse. Il y avait deux sœurs plus jeunes et un petit frère, que Sadhan aimait beaucoup. Malgré la pauvreté qui les accablait, Sadhan est resté un enfant joyeux et responsable, qui ne s'est jamais plaint et n'a jamais accablé ses parents de ses difficultés.

Leur maison était humble, mais elle était remplie d'amour et de chaleur. Même les nuits où ils devaient dormir l'estomac vide, Sadhan gardait un comportement joyeux, s'occupant de ses frères et sœurs en l'absence de ses parents qui travaillaient dur. Il a fréquenté l'école locale, partageant rires et rêves avec ses camarades.

Cependant, au fur et à mesure que Sadhan grandit, le poids des circonstances semble écraser son esprit. Le poids des responsabilités pèse lourdement sur lui et il ne peut s'empêcher de se demander pourquoi la vie lui a réservé un sort aussi difficile. Il s'interroge sur le bien-fondé de tout cela, aspirant à un soulagement de la douleur incessante qui ronge son âme.

Assis dans un coin de sa cellule, Sadhan pleure à chaudes larmes et s'écrie avec angoisse : "Pourquoi suis-je ici ? Qu'ai-je fait pour mériter cette souffrance ? Je ne peux plus supporter cette douleur".

Au milieu de ses cris déchirants, un nouvel ami s'est approché de lui. Cet ami était différent de tous ceux qu'il avait connus auparavant, car il ne s'agissait pas d'un être humain, mais d'un chien au grand cœur. Les yeux du chien étaient remplis d'empathie et de compréhension, et il a niché sa tête sur les genoux de Sadhan, comme pour lui offrir une épaule sur laquelle s'appuyer.

Avec une tendre attention, le chien frotte doucement les larmes sur les joues de Sadhan, comme s'il essayait de le consoler à sa manière. À ce moment-là, Sadhan a ressenti un lien inexplicable avec cette créature, un lien qui transcendait les mots et la compréhension. La présence du chien apporte une lueur de réconfort à son cœur tourmenté.

Les jours passent et le séjour de Sadhan à l'hôpital touche à sa fin. Le chien est resté à ses côtés, lui offrant réconfort et compagnie pendant ses heures les plus sombres. Leur lien était devenu si profond que Sadhan pouvait presque sentir le poids des émotions inexprimées du chien, comme si l'animal comprenait sa douleur mieux que quiconque.

Le personnel de l'hôpital et les visiteurs ont été témoins de ce lien unique et n'ont pu s'empêcher d'être émus par la démonstration d'empathie et d'amour entre Sadhan et son ami à fourrure. La présence du chien a apporté un sentiment de paix et de sérénité dans l'atmosphère autrement sombre de l'hôpital.

Dans les derniers instants de la vie de Sadhan, sa famille s'est rassemblée autour de lui, le cœur lourd de chagrin. Mais au milieu de leur chagrin, ils ont remarqué quelque chose d'extraordinaire. Le chien, son compagnon de toujours, s'est assis à côté de Sadhan, comme s'il faisait un adieu silencieux à son ami chéri.

Pendant ces instants fugaces, alors que Sadhan rendait son dernier souffle, un sentiment de paix enveloppait la pièce. La douce présence du chien nous a rappelé que même au plus profond du désespoir, l'amour et l'empathie peuvent apporter réconfort et consolation.

Alors que la famille de Sadhan lui faisait ses derniers adieux, elle ne pouvait s'empêcher d'être reconnaissante de l'impact profond qu'il avait eu sur leur vie. Il leur a enseigné le véritable sens de l'amour, du sacrifice et de l'altruisme. Ils savaient que l'esprit de Sadhan continuerait à vivre dans les cœurs de ceux qui l'aimaient et dans les souvenirs des moments précieux qu'ils avaient partagés.

Quant au chien, il continue d'errer dans l'enceinte de l'hôpital, les yeux remplis de sagesse et de compassion. Il était devenu un symbole d'espoir et d'empathie, un rappel constant que même dans les moments les plus sombres, l'amour avait le pouvoir de guérir et d'unir.

Dans les années qui ont suivi, l'histoire de Sadhan et de son fidèle compagnon s'est répandue loin à la ronde, touchant le cœur de nombreuses personnes. Leur histoire est devenue un témoignage de la résilience de l'esprit humain et du lien profond qui peut être forgé entre les hommes et les animaux.

Bien que le passage de Sadhan sur Terre ait été bref, l'amour et l'empathie qu'il a partagés ont laissé une marque indélébile sur le monde. Son héritage restera à jamais gravé dans les mémoires, non seulement de ceux qui l'ont connu, mais aussi des innombrables personnes qui ont trouvé du réconfort dans son histoire faite d'empathie, d'amour et de tristesse.

Les fils du destin

Une vieille femme du nom de Tara vivait dans un manoir pittoresque niché à la périphérie de Kalasin, une ville située dans le nord-est de la Thaïlande. Elle avait passé sa vie à accumuler d'immenses richesses, mais la richesse de son cœur dépassait tous ses biens matériels. Tara a connu un chagrin d'amour qui a laissé une marque indélébile sur son âme - la perte de son jeune fils, qui avait disparu il y a des années. Les souvenirs de son rire, de ses yeux innocents et de sa chaleur persistent, gravés dans son esprit comme un rêve qui s'estompe mais qu'elle chérit.

Tara a élevé un autre enfant, un jeune garçon nommé Noi, qui est arrivé chez elle en tant qu'orphelin. Avec un cœur plein d'amour et de compassion, elle l'a élevé comme son propre fils, en lui offrant toutes les opportunités possibles. Noi était devenu un bon jeune homme, intelligent et reconnaissant de la vie qui lui avait été donnée. Il savait qu'il n'était pas né de son sang, mais leur lien était indéfectible, ancré dans l'amour et les soins qu'elle lui avait prodigués.

Un jour fatidique, un étranger arrive sur le pas de la porte de Tara, prétendant être son fils perdu de vue depuis longtemps. Le cœur de Tara oscille entre espoir et scepticisme. Serait-ce vrai ? L'univers pourrait-il lui accorder le miracle auquel elle aspire ? Elle souhaitait embrasser son fils perdu, revoir son visage et le serrer contre elle. Mais la sagesse et la prudence l'ont emporté, et elle a décidé de confier à Noi le soin d'élucider la vérité.

Noi, déchiré entre sa loyauté envers Tara et son propre avenir incertain, a accepté d'entreprendre l'enquête. Il a rencontré l'étranger, un homme nommé Pete, et s'est retrouvé à chercher la vérité dans les yeux de Pete. Pete a parlé de souvenirs, de moments partagés entre une mère et son fils. Pourtant, le doute subsiste, comme une ombre tapie dans les recoins de l'esprit de Noi.

Au fil des jours et des semaines, Noi a poursuivi inlassablement la recherche de la vérité, fouillant dans les archives et les souvenirs, à la recherche d'indices susceptibles de confirmer ou d'infirmer les affirmations de Pete. Tara, le cœur lourd d'impatience, regarde Noi naviguer dans ce voyage délicat. Elle admire son dévouement et sa maturité, qualités qu'elle a nourries en lui au fil des ans.

Au fil des jours, Noi se rapproche de Pete, découvrant des expériences et des liens communs qui corroborent l'histoire de l'étranger. Pourtant, il n'arrive pas à se débarrasser du sentiment de malaise qui le ronge. Et s'il découvrait une vérité qui briserait la vie qu'il avait connue ? Et si son rôle dans la vie de Tara était diminué ou, pire, éteint ?

Au fur et à mesure que les pièces du puzzle se mettent en place, Noi est confronté à un profond dilemme. Il a découvert des preuves qui semblent confirmer les dires de Pete. La vérité était indéniable, mais ses implications pesaient lourdement sur son cœur. Le jeune homme qui était arrivé comme orphelin était devenu un pilier de force et d'amour pour Tara. Noi a trouvé une famille, un foyer et un but à atteindre.

Dans une pièce calme, Noi s'assoit avec Tara, le cœur lourd mais résolu. Il raconte ses découvertes et révèle la vérité sur l'identité de Pete. Tara écoutait, les yeux pleins de larmes, partagée entre la joie et le sentiment de perte. Elle prit Noi dans ses bras, le serrant fort, la gratitude et l'amour coulant entre eux.

La décision de Tara est prise. Elle a accueilli Pete dans leur vie, reconnaissant le fils qu'elle avait perdu et le nouveau lien qu'elle était en train de forger. Noi, bien qu'inquiet, a trouvé du réconfort dans l'affection continue de Tara. Au fil des années, leur famille s'est agrandie, entremêlant les destins et tissant une tapisserie d'amour, d'acceptation et d'histoire commune.

À la fin, le manoir résonnait de rires et d'histoires - un témoignage de la résilience du cœur humain, de la force des familles non conventionnelles et du pouvoir durable de l'amour qui défie les frontières du sang.

Les fils de l'amour
Un voyage de guérison et de famille

Les jours se sont transformés en semaines, et les semaines en mois, et l'inquiétude de Raghu pour son fils Surjo n'a fait que croître. Le silence de Surjo pèse lourdement sur le cœur de Raghu, qui se sent impuissant à combler le fossé qui les sépare depuis la mort de Komal.

Un matin, alors que Raghu mouille son chariot de vendeur et se prépare à partir pour une nouvelle journée de vente dans les villages voisins, il remarque une lettre placée discrètement sur le chariot. Curieux, il l'a prise et a déplié le papier. L'écriture est familière, c'est celle de Surjo.

"Cher Baba", la lettre commence..,

"Je sais que je n'ai pas été capable de te parler ou de partager mes sentiments depuis que maman nous a quittés. Cela a été difficile pour moi, et j'ai du mal à faire face à sa perte. Elle me manque terriblement et chaque jour me semble vide sans elle. Je la vois dans tous les coins de notre maison, et il est douloureux de réaliser qu'elle n'est plus là.

Je sais que tu dois t'inquiéter pour moi, mais je ne trouve pas les mots justes pour exprimer mes sentiments. C'est comme un lourd fardeau que je ne peux partager avec personne. Parfois, je me sens coupable de ne pas pouvoir t'aider comme je le faisais auparavant. Elle était le point d'ancrage de notre famille et je me sens perdue sans elle.

Je tiens à m'excuser de t'avoir exclu, Baba. Ce n'est pas parce que je ne t'aime pas ou que je n'apprécie pas tout ce que tu fais pour nous. Vous avez travaillé si dur pour subvenir à mes besoins, et je vois que vous faites tout pour que j'aie tout ce dont j'ai besoin. Mais je ne peux pas trouver ma place dans le monde sans Ma.

Je sais que tu veux que je poursuive mes études et je te promets que je ferai de mon mieux. C'est juste que la douleur de la perte de Ma est encore si vive, et je n'arrive pas à me concentrer sur autre chose en ce moment. J'espère que vous comprenez.

J'ai besoin de temps pour guérir, Baba. Je dois trouver un moyen d'accepter l'absence de Ma. Ne vous inquiétez pas trop pour moi. Je ferai de mon mieux pour prendre soin de moi.

Avec amour, Surjo"

En lisant la lettre, Raghu a eu les larmes aux yeux. Il a enfin compris la profondeur de la douleur de son fils et combien Surjo avait du mal à faire face à la perte de sa mère bien-aimée. Raghu savait qu'il devait être patient et donner à Surjo l'espace dont il avait besoin pour guérir.

Au cours des semaines suivantes, Raghu a continué à laisser de la nourriture à Surjo et a respecté le besoin de solitude de son fils. Il s'est efforcé d'être un père compréhensif sans pousser Surjo à parler ou à partager plus qu'il n'était prêt à le faire. Raghu a également commencé à se rendre régulièrement au temple voisin, priant pour obtenir force et conseils pour lui et son fils.

Un soir, alors que Raghu rentrait chez lui après une longue journée de vente, il trouva Surjo assis dans le jardin sous le goyavier, l'air perdu dans ses pensées. Raghu le rejoint tranquillement et ils s'assoient ensemble en silence, regardant les étoiles dans le ciel.

Au bout d'un moment, Surjo a parlé doucement : "Baba, maman me manque tellement. Je ne sais pas comment gérer cette douleur".

Raghu passe doucement son bras autour des épaules de Surjo et lui dit : "Elle me manque aussi, mon fils. Elle était le cœur de notre famille et la perdre a été la chose la plus difficile pour nous deux. Mais nous sommes là les uns pour les autres et, ensemble, nous trouverons un moyen de guérir et d'aller de l'avant".

Surjo s'est finalement effondré et a pleuré, et Raghu l'a serré contre lui, lui permettant de libérer les émotions qu'il avait retenues à l'intérieur depuis si longtemps. À partir de ce moment, ils ont commencé à partager leurs sentiments l'un avec l'autre, trouvant du réconfort et de la force dans leur chagrin commun.

Au fil des jours, le lien entre le père et le fils s'est renforcé. Ils ont appris à s'appuyer les uns sur les autres et ont trouvé du réconfort en sachant qu'ils n'étaient pas seuls à souffrir. Surjo a commencé à reprendre lentement ses études et Raghu l'a encouragé à chaque étape.

Un jour, Surjo a surpris Raghu en l'aidant à installer le chariot du vendeur. "Je veux partir avec toi aujourd'hui, Baba", dit-il avec un regard déterminé dans les yeux de son père.

Raghu sourit, le cœur rempli d'espoir et de gratitude. "Tu n'as pas école aujourd'hui ?" demande-t-il. Surjo a répondu qu'aujourd'hui, il voulait le rejoindre au lieu d'aller à l'école. Raghu sourit, le cœur rempli d'espoir et de gratitude. En marchant ensemble de village en village, en vendant leurs marchandises et en discutant avec les clients, ils ont commencé à reconstruire leur vie en tant qu'équipe.

Les journées se sont bien déroulées. Un jour, après être rentré de l'école l'après-midi, Surjo a trouvé peu de monde dans sa maison. Il s'agissait de sa famille, de son oncle et de ses tantes qui parlaient à son père. Il les a entendus discuter du remariage de son père. Ils ont raconté que dans le village voisin, une pauvre fille nommée Rani était orpheline et vivait avec son oncle et sa tante. Ils voulaient trouver un homme pour être l'époux, et si Raghu acceptait, la pauvre petite fille serait sauvée de la misère. Raghu nie toujours, disant qu'il est bien avec son fils et qu'il ne veut pas blesser les sentiments de Surjo.

Après le départ des parents, Surjo est allé voir son père et lui a demandé s'il se sentait seul et s'il voulait se remarier. Raghu ne réagit pas et dit calmement qu'il va bien et qu'il est heureux. Surjo ne peut s'empêcher de ressentir une profonde culpabilité, car il pense que la décision de son père de ne pas se remarier est due à lui.

Un beau jour, Surjo a trouvé le courage de parler de ses sentiments à son père. Il a dit : "Baba, je veux te parler de quelque chose qui me préoccupe. Je veux que tu sois heureuse, et si le fait de te marier t'apporte le bonheur, je suis d'accord. Je ne veux pas être la raison pour laquelle vous n'avancez pas dans la vie".

Les paroles de Surjo ont pris Raghu au dépourvu. Il a regardé son fils dans les yeux et lui a dit : "Surjo, tu es la personne la plus importante de ma vie. Je t'aime et ton bonheur est tout pour moi. Mais je veux que tu comprennes que le fait de te marier ne remplacera pas ta mère et ne changera rien au fait qu'elle me manque. Nous ne pouvons pas remplacer les personnes que nous avons perdues, mais nous pouvons trouver de nouvelles façons d'être heureux et de garder leur souvenir vivant dans nos cœurs".

Surjo acquiesce, les larmes aux yeux. "Je sais, Baba, et je ne m'attends pas à ce que tu oublies Ma. Je ne veux pas que mes sentiments vous empêchent de trouver le bonheur dans d'autres aspects de la vie. Je veux que tu sois heureuse, et si tu penses que le fait de te marier t'apportera ce bonheur, alors je soutiens ta décision".

Raghu a serré son fils dans ses bras, fier du jeune homme mature et désintéressé qu'était devenu Surjo. "Merci, mon cher fils, dit Raghu. "Votre compréhension et votre amour comptent beaucoup pour moi. Franchissons cette étape ensemble, et je te promets que, quoi qu'il arrive, nous serons toujours là l'un pour l'autre".

Ces mots ont enlevé un poids des épaules de Surjo, qui s'est senti soulagé. Le lien entre le père et le fils s'est renforcé au fur et à mesure qu'ils abordaient ce nouveau chapitre de leur vie commune.

Le jour du mariage de Raghu est arrivé, et Surjo s'est tenu fièrement aux côtés de son père pour accueillir le nouveau membre de la famille. La nouvelle femme de Raghu est compréhensive et gentille, et elle respecte la mémoire de la mère de Surjo. Peu à peu, Surjo a commencé à s'ouvrir à sa belle-mère et elles ont noué des liens très forts.

Au fil du temps, leur famille a guéri et, bien qu'ils n'aient jamais pu combler le vide laissé par le décès de Komal, ils ont trouvé de la joie dans l'amour et le soutien qu'ils se portaient mutuellement. Surjo a continué à chérir les souvenirs de sa mère, et sa belle-mère est devenue un pilier de force et d'amour pour Surjo et Raghu.

La vie leur a appris que la guérison prend du temps et que, même si la douleur de la perte ne s'efface jamais complètement, l'amour et la compréhension peuvent aider les gens à trouver leur chemin dans les moments les plus sombres. Dans leur parcours de guérison, Surjo et Raghu ont découvert la véritable signification de la famille - un lien forgé non seulement par le sang, mais aussi par l'empathie, la compassion et l'amour.

♣ ♣ ♣

Des liens qui transcendent

Deux jeunes garçons, Aryan et Rahul, ont grandi ensemble sous le même toit. Aryan était un orphelin qui avait perdu ses parents à un jeune âge, et Rahul n'était que le fils d'un riche propriétaire, M. Rajdeep Verma. Les deux garçons avaient le même âge, mais leurs vies ont pris des chemins différents dès le début.

Au fur et à mesure qu'ils grandissent, une graine de ressentiment prend racine dans le cœur de Rahul. Il se sentait menacé par la présence d'Aryan, croyant que l'orphelin lui avait enlevé l'amour et l'attention de ses parents. Cette jalousie a conduit Rahul à nourrir de l'animosité à l'égard d'Aryan, le traitant avec indifférence et même cruauté.

En dehors de la maison, Aryan a dû faire face à un autre défi à l'école. Les autres enfants le harcèlent sans relâche, se moquant de son statut d'orphelin et de sa petite taille. Malgré les épreuves, Aryan est resté fort, trouvant du réconfort dans sa résilience et sa force intérieure.

Au fil du temps, leur relation s'est progressivement transformée. Au fur et à mesure qu'Aryan et Rahul mûrissaient, Rahul a commencé à voir au-delà de ses insécurités et a remarqué les qualités uniques d'Aryan. Il admire la gentillesse inébranlable, la douceur et le sens de l'humour d'Aryan. Peu à peu, les murs de la rancœur s'effondrent, laissant place à un véritable lien de fraternité.

À l'âge adulte, l'affection fraternelle d'Aryan et de Rahul s'est transformée en quelque chose de plus profond. Ils se sont trouvés attirés l'un par l'autre d'une manière qui défie les normes de la société. Les regards tendres et les gestes attentionnés qu'ils ont partagés montrent clairement que leurs sentiments ont évolué vers quelque chose qui s'apparente à de l'amour.

Un jour fatidique, l'amour secret d'Aryan et de Rahul est découvert par M. Verma et sa femme. Choqués et indignés, ils ne peuvent accepter les sentiments de leur fils pour l'orphelin. Ils y voyaient une abomination, une menace pour l'honneur et la réputation de leur famille.

Dans un accès de colère et de préjugés, M. Verma a jeté Aryan hors de leur maison, le rejetant comme un étranger. La douleur du rejet est immense pour Aryan, qui n'a jamais aspiré qu'à l'amour et à l'acceptation. Son cœur s'est brisé et il s'est retrouvé seul et brisé, exilé de l'endroit même qu'il appelait autrefois sa maison.

Dévastée mais déterminée, Aryan s'est lancée dans un voyage de découverte de soi. Il a trouvé du réconfort dans une ville voisine, où il s'est construit une nouvelle vie. À travers ses épreuves, Aryan a appris le véritable sens de l'amour et de l'acceptation, comprenant qu'il ne pouvait être confiné par les normes rigides de la société.

Malgré ce rejet, Rahul n'a jamais cessé d'aimer Aryan. Il réalise la profondeur de ses émotions et la force de leur lien. Au fil du temps, Rahul s'est confronté à ses parents, remettant en cause leurs préjugés et restant ferme dans son amour pour Aryan.

Après des mois d'agitation, l'amour et la détermination de Rahul l'ont finalement emporté. M. Verma et sa femme ont commencé à voir l'affection sincère entre Aryan et Rahul. Peu à peu, ils ont compris que l'amour ne connaissait pas de frontières et qu'il pouvait guérir les blessures les plus profondes.

Dans un moment de rédemption, Aryan a été accueilli à nouveau dans le giron familial. La famille Verma a appris le pouvoir de l'acceptation, de la compréhension et l'impact profond de l'amour inconditionnel. La société autour d'eux a commencé à changer, embrassant le pouvoir de l'amour pour transcender les normes sociétales.

Aryan et Rahul se tenaient ensemble, main dans la main, et savaient que leur amour avait résisté au temps et à l'adversité. Leur voyage leur a appris que l'amour est une force qui peut tout conquérir, unissant les cœurs face aux préjugés et à l'intolérance. Ensemble, ils ont donné l'exemple, prouvant que l'amour pouvait vraiment triompher de la haine et de l'intolérance.

Les fils déchirés du destin

Dans un petit village niché au milieu de champs verdoyants et de palmiers se balançant, vivaient deux sœurs, Meera et Tara. Elles étaient jumelles, mais leurs personnalités n'auraient pas pu être plus différentes. Meera, la sœur aînée, est calme et soumise, tandis que Tara, la cadette, est dynamique et dominante. Malgré leurs natures opposées, ils partagent un lien indéfectible, du moins c'est ce qu'il semble.

En grandissant, Meera est tombée profondément amoureuse de Raj, un charmant jeune homme au grand cœur originaire de leur village. Raj lui rendit son affection, et leur amour s'épanouit au milieu du jasmin odorant et des mélodies des fêtes du village. Le cœur de Meera a explosé de joie, et elle a cru que son histoire d'amour était destinée à se terminer en conte de fées.

Cependant, le destin avait d'autres plans en réserve. Tara, observant le bonheur de Meera avec Raj, envie l'amour de sa sœur. Son désir de contrôle et de domination l'a poussée à agir en fonction de ses sentiments, déterminée à faire sien Raj. Grâce à une manipulation astucieuse et à la tromperie, elle a réussi à attirer l'attention de Raj, se présentant comme la partenaire idéale pour lui.

Alors que Raj se trouve déchiré entre les deux sœurs, il choisit finalement Tara plutôt que Meera. Meera, le cœur brisé, bien que dévastée, a sacrifié son amour pour le bonheur de sa sœur. Réprimant sa peine, elle souhaite bonne chance aux jeunes mariés et se retire dans l'ombre, cachant sa douleur au monde entier.

La vie a continué, et Tara et Raj ont construit leur vie ensemble, avec l'arrivée d'une petite fille après un an de mariage. Le village fête l'événement, ignorant les larmes silencieuses que Meera verse dans la solitude. Meera n'a pas supporté de voir la vie dont elle avait rêvé, désormais vécue par sa jeune sœur.

Un jour fatidique, une tragédie s'est produite. Tara a été victime d'un grave accident qui lui a fait perdre tous ses souvenirs, y compris ceux de son mariage, de sa fille et même de sa propre identité. La nouvelle de l'accident s'est répandue comme une traînée de poudre dans le village, laissant tout le monde dans un état de choc et de désespoir.

Au milieu du chaos, Meera s'est retrouvée à la croisée des chemins. Elle savait qu'elle ne pouvait pas rester les bras croisés à regarder la vie de sa sœur s'effondrer. Le cœur lourd, elle prend une décision qui changera à jamais le cours de leur vie. Elle a choisi de prendre la place de Tara dans la famille, assumant le rôle d'épouse de Raj et de mère de leur fille.

Meera a accepté ses nouvelles responsabilités et s'est occupée de l'enfant de sa sœur comme s'il s'agissait du sien. Elle a comblé d'amour et d'attention la petite fille innocente, lui donnant la chaleur et l'affection qu'elle méritait. Malgré le poids de son secret, Meera trouve du réconfort dans les sourires de sa nièce.

Alors que les jours se transforment en semaines et les semaines en mois, les souvenirs de Tara restent insaisissables, enveloppés dans les ombres de son passé. Pendant ce temps, Meera s'adapte à sa nouvelle vie, marchant sur la corde raide entre l'amour qu'elle porte à Raj et la culpabilité qu'elle porte en elle.

Un jour, alors qu'elle se tenait près du temple du village, priant pour le rétablissement de Tara et la force de poursuivre sa mascarade, elle sentit une main familière se poser sur son épaule. En se retournant, elle aperçoit Raj, les yeux remplis de gratitude et de compassion. Il avait commencé à sentir que quelque chose n'allait pas, mais au lieu d'être en colère, il était reconnaissant à Meera pour son sacrifice désintéressé.

Dans un moment de vulnérabilité, Meera avoue la vérité à Raj, révélant les profondeurs de son amour pour lui et son désir de protéger sa famille, même au prix de son propre bonheur. Raj, profondément ému par sa sincérité, l'a serrée dans ses bras, reconnaissant la force et la noblesse de ses actions.

Avec le temps, l'état de Tara s'est amélioré, mais elle a perdu la mémoire. Alors qu'elle commence lentement à recoller les morceaux de sa vie, elle ressent un lien inexplicable avec Meera, comme si un fil incassable les reliait.

Meera a continué à être le pilier du soutien de sa sœur, chérissant à jamais les souvenirs de leur lien et de sa nièce. Le village admire sa résistance, ignorant les complexités qui se cachent sous son apparence calme.

En fin de compte, l'amour et le sacrifice de Meera sont devenus un témoignage du pouvoir durable de la sororité et de la force de l'esprit humain. Elle a appris que parfois, l'amour n'exige pas la possession mais l'altruisme - une leçon qu'elle a embrassée avec grâce, façonnant son propre destin en tant que gardienne silencieuse du bonheur de sa famille.

Le voile des secrets

Dans la pittoresque ville de Rosewood, un sombre et effrayant secret est sur le point d'être dévoilé, un secret qui a été enterré pendant 15 longues années. Au cœur de cette énigme se trouve l'histoire tragique d'une mère et de son fils.

Il y a quinze ans, par une nuit de lune, la ville a été secouée par un mystérieux incident qui a laissé tout le monde perplexe. Sarah Johnson, une mère aimante connue pour sa gentillesse et son sourire chaleureux, a été dévastée par la disparition tragique de son fils unique, Michael. Toute la ville cherche inlassablement le jeune garçon, mais il semble avoir disparu sans laisser de traces.

Au fur et à mesure que les jours se transforment en semaines et les semaines en années, l'affaire se refroidit et l'espoir de retrouver Michael vivant s'amenuise. Sarah est devenue recluse, rongée par le chagrin et la culpabilité. Mais derrière sa façade de chagrin, elle portait un secret qui lui rongeait l'âme.

À l'insu de tous, Sarah est responsable de la disparition de Michael. C'est un accident tragique qui s'est produit cette nuit fatidique. Lors d'une dispute entre la mère et le fils, Michael a été poussé involontairement et a dévalé une colline abrupte, ce qui lui a coûté la vie en un instant. Consumée par la peur et la panique, Sarah a décidé de cacher la vérité, convaincue que personne ne comprendrait qu'il s'agit d'un accident.

Dans les années qui ont suivi, Sarah a vécu une vie de tourments constants. Chaque sourire qu'elle arbore n'est qu'un masque qui cache le chagrin et la culpabilité qui rongent sa conscience. Le poids de son secret était insupportable et elle a souvent envisagé de se confesser, mais la peur de tout perdre, y compris sa liberté et l'amour de son mari, l'a poussée à se taire.

Un jour, le destin est intervenu sous la forme de l'inspecteur Alex Turner, un enquêteur chevronné qui vient de s'installer à Rosewood. Attiré par l'affaire non résolue de Michael Johnson, Alex a entamé sa propre enquête, déterminé à découvrir la vérité derrière cette mystérieuse disparition. Au fur et à mesure qu'il s'enfonce dans le passé, il rencontre des personnes qui pleurent encore la perte du jeune garçon et d'autres qui nourrissent des soupçons à l'égard de Sarah.

Au cours de ses recherches, Alex a remarqué un phénomène particulier. Il a senti le malaise de Sarah à chaque fois que le nom de Michael était mentionné, et ses réactions ont piqué sa curiosité. Ayant l'intuition que l'histoire ne s'arrête pas là, il décide de fouiller plus profondément dans son passé.

Au fur et à mesure que le détective rassemble des preuves et interroge des témoins, il commence à reconstituer le puzzle. L'anxiété et le comportement évasif de Sarah étaient les signes révélateurs d'une personne cachant un sombre secret. Il ne peut ignorer les preuves qui s'accumulent et qui l'amènent à penser que Sarah en sait peut-être plus sur la disparition de Michael qu'elle ne le laisse entendre.

Un jour, Alex s'est approché de Sarah, la compassion dans les yeux, et l'a gentiment poussée à se confier à lui. Pour la première fois en 15 ans, les murs qui entouraient le cœur de Sarah ont commencé à s'effondrer. Elle ne peut plus porter seule le fardeau de sa culpabilité. Les larmes aux yeux, elle avoue enfin à Alex ce qui s'est passé lors de cette nuit fatidique.

L'inspecteur Turner avait le cœur brisé pour Sarah, reconnaissant qu'elle avait porté le poids de ses actes pendant bien trop longtemps. Mais il savait aussi que la vérité devait être révélée. Ensemble, ils ont élaboré un plan pour révéler le secret tout en veillant à ce que la justice soit rendue équitablement.

Lors d'une réunion à la mairie, entourée des personnes qui ont aimé Michael, Sarah a trouvé le courage d'affronter son passé et d'avouer son sombre secret. La foule a écouté dans un silence stupéfait la vérité qui s'est révélée, et des émotions de choc et de chagrin ont envahi Rosewood.

Bien que la révélation de Sarah ait brisé de nombreuses vies, la ville a fini par comprendre la profondeur de son chagrin et de sa culpabilité. Face à la tragédie, le pardon a commencé à émerger, rappelant à tous la fragilité de la nature humaine.

Tandis que Sarah fait face aux conséquences juridiques de ses actes, la ville de Rosewood guérit lentement. L'histoire tragique d'une mère qui a tué son fils est devenue une leçon de compassion et l'importance d'affronter la vérité, aussi douloureuse soit-elle.

Dans les années qui ont suivi, un mémorial a été érigé en l'honneur de Michael, lui rappelant le garçon qui a touché tant de cœurs au cours de sa courte vie. Alors que le soleil se couche sur Rosewood, un nouveau sentiment d'empathie et de compréhension s'installe, garantissant que la mémoire de Michael restera à jamais gravée dans le cœur de ceux qui l'ont aimé et de ceux qui ont appris de son histoire.

Visions voilées de la passion

Au cœur d'Asansol, l'une des villes les plus animées du Bengale occidental, vivait un garçon nommé Arjun, une jeune âme à l'aube de l'âge adulte. À seize ans, il possède une beauté unique et captivante qui se manifeste surtout dans ses yeux - une paire d'orbes hypnotiques dont la profondeur et l'éclat semblent refléter l'essence même de son être. Arjun chérissait ces yeux, se perdant dans leur reflet lorsqu'il se regardait dans le miroir, à la recherche de réconfort et de compréhension

L'amour d'Arjun pour ses yeux était profond, un sanctuaire où il trouvait réconfort et connexion. Il s'assoit en silence, son reflet rencontrant son regard, un rituel qui lui permet d'échapper aux dures réalités qui l'entourent. Pourtant, ce lien intime était entouré de secret, car Arjun n'était que trop conscient des conséquences de la révélation de sa vulnérabilité au monde.

À l'abri des regards indiscrets, Arjun nourrit une passion pour la danse classique indienne. C'est une forme d'expression qui permet à son esprit de s'élever, une danse d'ombres et de grâce qui fait écho aux mouvements de son cœur. Mais cet amour est resté enfermé, caché au monde, par crainte de la colère de son père.

Le père d'Arjun, un homme au tempérament vif et à la sévérité implacable, a jeté une longue ombre sur leur foyer. Le cœur du jeune garçon aspire à partager ses passions, ses rêves, mais la domination de son père le retient captif, le forçant à se retirer dans l'ombre, là où son véritable moi reste caché.

Un jour fatidique, alors que le soleil descendait dans le ciel, le père d'Arjun découvrit son secret. Le regard du garçon rencontra son propre reflet dans le miroir, l'oubli momentané du secret ayant été révélé. La rage du père a éclaté comme une tempête, se déchaînant avec une force qui a brisé le délicat sanctuaire qu'Arjun avait entretenu. Un torrent de coups s'abat sur lui, le laissant meurtri et brisé, son monde plongé dans l'obscurité.

L'assaut impitoyable a laissé Arjun inconscient, sa tête portant les cicatrices de la rencontre brutale. Lorsqu'il se réveille, le monde qui l'entoure s'est transformé - un monde où la lumière est devenue obscure, où la beauté qu'il avait adorée ne peut plus être vue.

Aveuglé par la violence, Arjun a vu son rêve de devenir un artiste de la danse s'effondrer, remplacé par une lutte incessante pour s'adapter à sa nouvelle réalité. Le kajal qu'il avait appliqué avec amour sur ses yeux, symbole de sa passion, n'avait plus aucune signification lorsqu'il ornait son regard sans regard.

Au milieu des ténèbres, un phare d'amour et de soutien est apparu : le grand-père d'Arjun, une figure de sagesse et de compassion. Il est resté fermement aux côtés d'Arjun et de sa mère, défiant l'emprise oppressante du père d'Arjun. Face à l'adversité, leur lien s'est renforcé, témoignant de la force des liens familiaux.

Avec le départ de son père, la vie d'Arjun a pris un cours différent. Sa mère et son grand-père sont devenus ses piliers, le guidant dans les eaux inconnues de sa nouvelle réalité. Malgré l'obscurité physique qui l'enveloppait, l'esprit d'Arjun est resté résistant, alimenté par sa passion inextinguible pour la danse.

Alors que le temps s'écoule comme une rivière, Arjun s'embarque dans un voyage pour se redéfinir, non pas comme une victime des circonstances, mais comme un guerrier de son propre destin. Guidé par le soutien et l'amour de sa mère et de son grand-père, il trouve à nouveau le réconfort dans la danse. Ses mouvements, bien qu'invisibles à ses propres yeux, résonnaient avec les échos de son cœur, chaque pas témoignant de sa détermination inébranlable.

L'histoire d'Arjun a résonné dans les couloirs du temps, une histoire de persévérance, d'amour et de l'esprit indomptable d'un individu qui a refusé de se laisser enfermer dans l'obscurité. Son parcours a mis en lumière la vérité selon laquelle, même face à l'adversité, les désirs du cœur peuvent prospérer et la puissance des liens familiaux peut transcender les ombres qui cherchent à nous engloutir.

Chuchotement de l'amour interdit

Dans une petite pièce faiblement éclairée, cachée dans un coin d'une rue animée de l'un des célèbres quartiers de minuit de Kolkata, une scène de tragédie silencieuse se déroule. Un drap sale repose sur un modeste poteau, sous lequel gît la forme inanimée d'une jeune femme nommée Rani. Ses longs cheveux noirs tombent en cascade sur l'oreiller, encadrant un visage qui fixe le plafond sans vie. Ses yeux, autrefois vibrants et pleins de rêves, sont aujourd'hui d'un vide éternel. Sa poitrine porte les cicatrices d'un passé tumultueux, témoignage des épreuves qu'elle a endurées.

Une humble table se trouve au pied du lit, supportant le poids de deux livres, d'une cruche d'eau à moitié remplie et d'un verre qui contient encore des traces d'eau. La pièce est lourde d'un air de tristesse et d'une histoire inexprimée qui plane dans l'air comme une mélodie obsédante.

Dans cet espace sombre, un jeune garçon nommé Surjo fait irruption, ses pas faisant écho à son urgence. Ses yeux se tournent brièvement vers la figure inanimée sur le lit, dans un mélange de tristesse et d'évitement. Submergé par ses émotions, il se prend le visage à deux mains et se détourne, comme s'il voulait se protéger de la dure réalité qui s'offre à lui.

Le cœur de Surjo porte un lourd fardeau - un amour qui a fleuri au milieu des ténèbres et du désespoir. La jeune fille sur le lit a suivi un chemin douloureux, forcée à entrer dans le monde déshumanisant de la prostitution à un âge précoce. Pourtant, sous les ombres qui engloutissent sa vie, elle nourrit un amour fervent pour la connaissance et le savoir. Elle aspirait à des histoires, des poèmes et des contes qui transporteraient son esprit au-delà des limites de son existence.

C'est Surjo qui a exaucé son souhait, ses visites étant ponctuées de livres qui lui offraient une échappatoire, une lueur d'espoir. Au fil des conversations chuchotées et des récits partagés, leur relation s'est approfondie, liée par un lien qui transcende leur situation. Et dans cette intimité cachée, l'amour s'épanouit tranquillement et tendrement.

Mais l'amour peut être à la fois une source de force et de vulnérabilité. Les sentiments qu'ils éprouvaient l'un pour l'autre restaient cachés au monde, prisonniers des jugements oppressifs et des normes sociétales qui les entravaient. Pourtant, dans les moments secrets qu'ils partageaient, leur amour brûlait, allumant les rêves d'un avenir au-delà des ruelles sinistres qui les retenaient captifs.

Surjo, autrefois porteur d'espoir, est aujourd'hui confronté à une révélation déchirante. La nouvelle de son mariage imminent avec une autre fille lui transperce l'âme, brisant les rêves qu'il avait osé nourrir. Le devoir et la tradition menacent d'éteindre la fragile lumière de son amour, le laissant déchiré entre les promesses de son avenir et les profondeurs de son cœur.

Dans un pays où les traditions et les attentes de la société dictent souvent le cours des vies, Surjo se trouve à la croisée des chemins, son cœur étant attiré par des directions contradictoires. Alors que les rideaux poussiéreux de la pièce se balancent doucement dans la brise, portant avec eux le poids de rêves et de désirs inexprimés, Surjo doit faire face à son propre voyage de découverte de soi et de résilience.

L'histoire de Surjo et Rani, liés par un amour qui défie les obstacles, capture l'essence de la ténacité de l'amour et la capacité inébranlable de l'esprit humain à rechercher le réconfort au milieu de l'adversité. Dans la tapisserie de leurs vies, les fils de la passion, du sacrifice et de l'espoir s'entremêlent, tissant une histoire qui parle des complexités de l'amour face aux contraintes de la société.

Murmures de résilience

Au cœur de Peshawar, une ville pleine de vie et d'histoires, un lien improbable s'est formé au milieu des défis et de l'obscurité qui enveloppait la nuit. Rehan, un garçon de 14 ans, s'était enfui de chez lui pour échapper à la cruauté et à la négligence de sa belle-mère. Asif, un orphelin de 28 ans, a trouvé sa propre raison d'être en guidant de jeunes âmes à travers les difficultés de la rue.

La lune jette une lueur pâle sur les rues silencieuses, où les corps fatigués des sans-abri trouvent un peu de répit sur les trottoirs usés. Des draps en lambeaux les enveloppent, leur procurant un confort minimal contre le froid impitoyable. Le rythme de la ville s'est ralenti, mais quelques âmes déterminées ont continué à travailler, se préparant à leurs gardes de nuit dans l'espoir de gagner de quoi survivre.

Un soir, les yeux d'Asif ont croisé le regard fatigué de Rehan, reconnaissant le désespoir gravé sur le visage du jeune garçon. Leurs chemins se sont croisés il y a un an, lorsque Rehan est arrivé en ville, fragile et affamé après un voyage de deux jours à pied. Sa fuite d'un foyer oppressant l'a conduit dans ces rues impitoyables, où la survie est devenue sa seule préoccupation.

Guidé par l'empathie et la compréhension de la douleur de Rehan, Asif lui a tendu une main compatissante. Dans un monde où la confiance est rare, il a offert à

Rehan une famille de fortune - un petit groupe d'habitants de la rue qui ont formé un lien tacite, veillant les uns sur les autres dans les moments les plus difficiles.

Asif a raconté ses propres difficultés en tant qu'orphelin, ayant grandi sans la chaleur d'une famille traditionnelle. Il est devenu le mentor de Rehan, lui apprenant les règles tacites de la survie dans la rue - où trouver de la nourriture, comment naviguer à travers les dangers de la ville et comment forger des liens qui pourraient faire la différence entre le désespoir et l'espoir.

Aux heures les plus sombres de la nuit, Rehan et Asif s'engageaient dans des conversations sincères. Ils ont parlé de rêves, d'aspirations et de la possibilité d'un avenir meilleur. L'enthousiasme juvénile de Rehan a ravivé une étincelle dans le cœur d'Asif, lui rappelant l'importance d'entretenir l'espoir, même dans les circonstances les plus sombres.

Les jours se sont transformés en semaines, et le lien entre Asif et Rehan s'est approfondi. Leur petite communauté de la rue est devenue un refuge, un havre de soutien où chaque membre joue un rôle unique. La résilience de Rehan et sa volonté d'apprendre sont devenues une source d'inspiration pour tous ceux qui l'entourent.

Lentement, les cicatrices de Rehan ont commencé à guérir, remplacées par une force nouvelle et un sentiment d'appartenance. Grâce aux conseils d'Asif, il a découvert son propre potentiel, apprenant à lire et à écrire dans les moments où ils luttaient pour survivre. Au fil des jours, les aspirations de Rehan dépassent la simple survie ; il commence à rêver d'une vie au-delà de la rue, une vie pleine de promesses et d'objectifs.

Dans cette histoire d'adversité et de triomphe, Asif et Rehan sont devenus des alliés improbables dans la bataille contre les circonstances. Leur histoire témoigne de la puissance des liens humains, de la capacité à trouver la lumière même dans les coins les plus sombres et de la capacité à nourrir l'espoir contre toute attente. Les rues silencieuses de Peshawar ont témoigné de leur voyage, tandis que leur détermination commune ouvrait la voie à un avenir qu'ils pensaient inaccessible - un avenir fondé sur l'amitié, la résilience et l'esprit inébranlable qui permet de relever les défis.

Vos yeux Ma vision

Dans les rues animées de Bangkok, le voyage miraculeux et extraordinaire d'un garçon aveugle nommé Pete était sur le point de commencer. Né sans le don de la vue, il a passé quinze ans dans un orphelinat, découvrant le monde grâce à ses autres sens. Il était loin de se douter que sa vie prendrait un tournant remarquable.

Un jour fatidique, Pete a appris que Saket, un orphelin comme lui, était décédé et a généreusement fait don de ses yeux. Les médecins ont réussi la transplantation et le monde de Pete était sur le point de changer à jamais. Lorsque les bandages furent enlevés, il cligna des yeux, incrédule, tandis que ses yeux s'adaptaient à la lumière. Pour la première fois de sa vie, il peut voir le monde qui l'entoure.

En sortant de l'orphelinat, il est submergé par les couleurs vives, la foule grouillante et la myriade de choses à voir. Chaque pas était une nouvelle expérience et il s'émerveillait de la beauté du monde qu'il n'avait connu qu'à travers le toucher et le son. Cependant, son nouveau don s'est accompagné d'un rebondissement inattendu.

La nuit, lorsque Pete fermait les yeux pour dormir, il commençait à voir des scènes qui ne lui étaient pas familières. Il était témoin de diverses activités sans intérêt et déroutantes, comme si des aperçus de la vie de quelqu'un d'autre étaient projetés dans son esprit.

Ces visions l'intriguaient et l'effrayaient, et il ne comprenait pas ce qui se passait.

Au fil des jours, les visions sont devenues plus claires et plus fréquentes. Pete pouvait voir la vie de la personne dont il avait reçu les yeux, un homme qui semblait avoir un passé trouble. Il a entrevu une mystérieuse personne non identifiée, impliquée dans des activités criminelles, accomplissant des actes néfastes qui ont laissé une trace de violence et de chaos.

Hanté par ces visions et par la culpabilité de voir à travers les yeux de quelqu'un d'autre, Pete s'est lancé dans une quête pour découvrir la vérité sur le passé de Saket. Avec l'aide des personnes qui s'occupaient de lui à l'orphelinat, il a commencé à rassembler les fragments d'informations qu'il pouvait tirer de ses visions. Déterminé à donner un sens à tout cela, Pete s'est mis en quête de réponses.

Son voyage l'a conduit dans les recoins cachés de Bangkok et dans les paysages époustouflants de la Thaïlande. En chemin, il a rencontré des personnes dont la vie avait été affectée par les actes du criminel non identifié. Certains étaient des victimes en quête de justice, tandis que d'autres étaient des complices qui tentaient d'effacer leur passé.

Au fur et à mesure que Pete s'enfonce dans le monde criminel, il se retrouve dans des situations dangereuses. Les visions deviennent de plus en plus intenses, révélant des vérités choquantes sur l'identité et les motivations de la personne non identifiée. À l'insu de

Pete, le criminel auquel il était lié était toujours en vie et avait découvert que Pete possédait ses yeux.

Une nuit fatidique, alors que Pete était sur le point de dévoiler la dernière pièce du puzzle, la personne non identifiée l'a retrouvé. En un instant, un coup de feu retentit et Pete ressent une douleur fulgurante. Il tomba au sol, son monde englouti dans les ténèbres une fois de plus.

Mais ce n'était pas la fin du voyage de Pete. Alors qu'il était allongé sur son lit d'hôpital, entouré de ses soignants et de ses amis, il s'est rendu compte que les visions étaient plus que des souvenirs empruntés. Ils nous rappellent que chaque vie recèle des secrets et des luttes et que le parcours de chaque personne est unique.

La nouvelle compréhension de la complexité humaine et l'empathie de Pete lui ont permis de voir le monde sous un jour différent. Le don des yeux de Saket lui a permis de mieux comprendre la vie des autres, et il s'est juré d'utiliser ces connaissances pour avoir un impact positif sur le monde.

C'est ainsi que le garçon aveugle aux yeux empruntés est devenu une lueur d'espoir, inspirant d'autres personnes par son parcours extraordinaire. En fin de compte, ce n'est pas la vue physique qui a défini Pete, mais la vision de son cœur qui lui a permis de voir au-delà de la surface et d'embrasser la véritable essence de la vie.

♣ ♣ ♣

L'écho intempestif de la conque

Le confinement se déroule avec succès dans tout le pays. Pas de travail, pas de déplacements à l'extérieur. En deux semaines, la vie est devenue ennuyeuse. Nous passons le temps en mangeant, en regardant la télévision, en lisant des livres et en dormant.

Ma femme et moi, Subimal Sen, vivons dans un immense appartement à Kolkata. Je suis professeur d'université. Depuis un mois, non seulement mon collège, mais tout le reste est fermé. Les magasins sont fermés, le marché est fermé, les bureaux sont fermés.

Le confinement a changé notre routine quotidienne. Aujourd'hui, je me réveille à 10 heures au lieu de 7 heures, je prends mon petit-déjeuner, je regarde la télévision (il n'y a pas de journal non plus) et je me promène entre les quatre murs de l'appartement situé au quatrième étage. Notre appartement est l'un des cinq appartements de la River View Society. Chaque appartement comprend cinq étages et chaque étage comporte quatre appartements.

******

Les choses se sont passées ainsi. Hier, nous avons passé toute la nuit à regarder de vieux films classiques, et c'est pourquoi nous nous sommes réveillés en fin d'après-midi et avons fait cuire des aliments pour le déjeuner avec les légumes qui se trouvaient dans le réfrigérateur, puis nous avons mangé et nous nous sommes endormis parce que nous étions trop fatigués.

Lorsque nous nous sommes à nouveau réveillés, il était déjà minuit. Ma femme m'a reproché de ne pas l'avoir réveillée alors qu'elle devait faire la prière du soir. Je me suis excusé et je lui ai dit de ne pas y penser car après quelques heures, le jour se lèverait. Ainsi, elle peut faire ses prières du soir du dernier jour et les prières du matin ensemble. Elle a insisté sur le fait que nous avions manqué une prière du matin et une prière du soir, ce qui pouvait être de mauvais augure.

En raison du blocage, les revenus ont été insuffisants au cours des derniers mois ; bien que je reçoive mon salaire intégral du gouvernement en temps voulu, les cours de formation ont été interrompus et les revenus de la formation ont cessé pendant plus d'un mois.

Elle a dit qu'elle changerait de robe en une minute, qu'elle ferait la prière et qu'elle se rendormirait. J'ai finalement accepté parce qu'il n'y avait pas de discussion possible avec elle sur ce sujet à minuit, alors qu'elle avait déjà pris sa décision. Elle a donc quitté le lit et s'est rendue dans la pièce adjacente, notre salle de prière, et je suis restée au lit, essayant de retrouver le sommeil.

Soudain, j'ai été réveillé par le son de la conque. Je me suis immédiatement levé du lit et je me suis rendu à la salle de prière. Ma femme remettait la conque en place en souriant, comme si elle avait atteint l'objectif de recevoir des bénédictions éternelles.

"Qu'as-tu fait, chéri ?"

"Pourquoi ? Je viens de souffler la conque".

"Tu es fou ? À minuit, vous soufflez dans la conque ? Savez-vous quelles conséquences cela pourrait avoir ?"

"Oh ! J'ai oublié. Éteignons les lumières et retournons au lit."

Nous sommes revenus vers notre lit, en éteignant les lumières. Oh mon Dieu, après quelques minutes, nous avons entendu une autre conque souffler, puis une autre, et de cette façon, il y avait une série de conques qui sonnaient l'une après l'autre. J'ai chuchoté à ma femme : "Tu vois quelle erreur tu as commise."

Soudain, on sonne à la porte.

"Ma femme m'a demandé ce qu'il fallait faire maintenant.

"Je ne sais pas. Il suffit d'ignorer", ai-je répondu.

La cloche a continué à sonner, et enfin, nous nous sommes levés du lit et sommes arrivés au salon, et j'ai ouvert la porte en jetant un regard surpris avec mes yeux endormis.

"Qu'y a-t-il, M. Chatterjee ?" J'ai demandé à la personne qui se trouvait devant la porte.

"Non, non. Je ne suis pas Chatterjee. Je suis Dasgupta. Vous dormez tous encore ?" m'a demandé M. Anil Dasgupta.

"Pourquoi, qu'est-ce qu'il y a ?"

"Tu n'as rien entendu ? Un tremblement de terre a frappé notre ville. Écoutez bien le son", a-t-il répondu.

Quelques conques s'échappaient encore de divers appartements et quartiers. Dans toutes les régions du Bengale, si quelqu'un voit ou ressent un tremblement de terre, il est de tradition de souffler dans la conque pour en informer les autres afin que tout le monde sorte de chez soi et se rassemble dans un endroit ouvert et sûr.

J'ai regardé ma femme, qui a compris ce que je voulais dire, puis j'ai dit à M. Dasgupta : "Je suis désolé. Nous étions dans un profond sommeil".

"Allez, faites vite et sortez de chez vous. Tous les autres ont déjà quitté l'appartement".

"Oui. Nous arrivons.

Puis j'ai dit à ma femme de se taire et de ne rien dire. Nous nous sommes débrouillés et sommes sortis de notre appartement. Nous avons été étonnés de voir que tout le monde, sauf nous, était déjà là à minuit, et que la terreur et la panique se lisaient sur tous les visages.

Notre situation était formidable. Nous ne pouvions pas non plus digérer toute la situation qui avait commencé à cause de nous, ni dire cela à qui que ce soit.

Il était près de deux heures du matin lorsque la police locale est intervenue pour demander d'où provenait le son de la conque. L'officier de police semblait furieux en nous demandant pourquoi cette perturbation soudaine et cette panique.

Elle a semé la panique dans toute la localité et au-delà.

Les gens couraient, criaient, hurlaient ici et là dans la rue après minuit. Cette situation est devenue un casse-tête pour la police et les autres fonctionnaires concernés.

Près de deux heures se sont ainsi écoulées et, finalement, la police a informé tout le monde qu'aucun tremblement de terre n'avait été signalé dans la ville et dans le pays.

La police nous a également assuré que la personne qui a répandu la rumeur ne serait pas épargnée et qu'elle prendrait des mesures strictes à son encontre.

Ma femme et moi étions presque engourdis par la peur et nous sommes restés immobiles. M. Dasgupta s'est à nouveau approché de moi et m'a tripoté.

Que s'est-il passé, M. Sen ? Passons à nos maisons.

Oui, ai-je répondu.

Ma femme a demandé l'heure.

J'ai regardé ma montre et j'ai répondu à 3h25.

Nous sommes rentrés et alors que je verrouillais la porte principale, nous avons éclaté de rire. Ma femme m'a immédiatement averti et nous avons contrôlé le retour.

Je lui ai dit : "Nous devons garder ce secret jusqu'à notre dernier souffle" et j'ai ri à nouveau.

-La fin

A propos de l'auteur

Spondon Ganguli

Spondon Ganguli a entamé sa carrière d'éducateur dans le domaine des technologies de l'information et de la communication (TIC) en 2000. Au fil des ans, il a partagé son expertise avec de nombreuses écoles en Inde, y compris des institutions affiliées au CISCE et au CBSE.

Outre ses activités d'enseignement, Spondon Ganguli a fait d'importants progrès en tant qu'auteur, et a commencé son voyage dans le domaine de l'écriture en 2019. Ses œuvres littéraires ont été reconnues à l'échelle mondiale et ses écrits ont été publiés dans plusieurs anthologies prestigieuses. Parmi les anthologies notables qui incluent ses contributions, on peut citer : "Letters Here to Hereafter", "The Great Indian Anthology" (Volumes 3 & 4), "Memories of Food" (Une anthologie collective, 2021), "Indian Poetry Review" (Classical) Award 2021, "The Literary Parrot" series - 3, "The Spirit of Word" (Une anthologie internationale, 2023). Auteur accompli, Spondon Ganguli a écrit plusieurs livres qui trouvent un écho auprès des lecteurs. Parmi ses œuvres notables, on peut citer : "Forgotten Love Unforgotten Love", "Let Me Hold Your Hand" et "Do Not Leave Me".

Pour plonger plus profondément dans l'univers créatif de Spondon Ganguli, vous pouvez consulter son site web officiel : *https://spondonganguli.com/*. Vous y trouverez une foule d'informations sur cet auteur et artiste polyvalent.

www.ingramcontent.com/pod-product-compliance
Lightning Source LLC
LaVergne TN
LVHW041531070526
838199LV00046B/1619